AF194813

Die Jugendlichen Manuk, Karl und Lena treffen sich von Kindesbeinen an in ihrem Baum am Fluss. Die Stämme verzweigen sich sehr weit unten und bilden eine kleine Höhle. In dieser gemütlichen Umgebung erzählen sie sich stundenlang Geschichten und tauschen ihre Gedanken aus, denen Manuks Falke Hakimi lauscht. Doch eines Tages geschieht etwas Außergewöhnliches. Der Baum fängt an zu vibrieren. So stark, dass sie nicht sehen können, was geschieht. Als es still wird, befinden sie sich in einer unbekannten Umgebung. Dort lernen sie Nomarik, Kamino und Menarina kennen, drei Jugendliche, die durch ihr andersartiges Aussehen auffallen. Von ihnen erfahren sie, wo sie gelandet sind: auf den Plejaden

Die drei lernen die besonderen Eigenschaften der Plejader kennen und entwickeln mit ihrer Hilfe übernatürliche Fähigkeiten. Es könnte alles traumhaft sein, wenn da nicht eine Bedrohung von Bewohnern eines anderen Sterns nahen würde, die die Jugendlichen in Aufruhr versetzt. Sie sind fest entschlossen, die Plejaden gemeinsam zu verteidigen, denn der Rat der Weisen unternimmt nichts. Im Kampf gegen die fremden Sternenbewohner kommt eine Gabe zum Einsatz, über die nur Menschen verfügen. Doch dann kommt es anders als geplant...

Das Buch handelt von den Lebensgewohnheiten der Plejader, ihren übernatürlichen Fähigkeiten, dem Kampf gegen andere Sternen-bewohner sowie von Freundschaft, Liebe und Vertrauen, die 400 Lichtjahre mit Leichtigkeit überwinden.

Ute Marth wurde in Rotenburg an der Fulda geboren. Sie studierte in Germersheim und Paris und arbeitet als Diplom-Übersetzerin. Im Jahr 2019 veröffentlichte sie ihr erstes Buch, ein populärwissenschaftliches Werk über Quantenphysik. Dies ist ihre erste Fantasy/SciFi-Geschichte, in der sie ihrer Fantasie freien Lauf lassen konnte.

Ute Marth

Der magische Baum am Fluss

Unsere Reise zu den Plejaden

Möge diese Geschichte
der Fantasie Flügel verleihen

Bibliografische Information der Deutschen Nationalbibliothek: Die Deutsche Nationalbibliothek verzeichnet diese Publikation in der Deutschen Nationalbibliografie; detaillierte bibliografische Daten sind im Internet über http://dnb.dnb.de abrufbar.

Einbandgestaltung: Ute Marth
unter Verwendung eines eigenen Fotos
Zeichnungen: Marie Marth
Layout und Satz: Ute Marth
Herstellung und Verlag: BoD – Books on Demand, Norderstedt
ISBN: 978-3-7543-0274-3

Vorwort

Plejaden, laut ausgesprochen, erzeugt in meinen Ohren einen Wohlklang. Allein das Wort hat mich schon als Jugendliche fasziniert so wie der französische Begriff échafaudage, dessen Bedeutung weniger romantisch ist als sein Klang. Im Studium stolperte ich wieder über die Plejaden, als ich erfuhr, dass sich eine französische Dichtergruppe im 16. Jahrhundert La Pléiade nannte.

Der Nachthimmel mit seinen funkelnden Sternen hat mich schon immer beeindruckt. Fragen zum Universum und zur Unendlichkeit kommen mir dann in den Sinn. Als Erwachsene begann ich, mich mit Astronomie zu beschäftigen. Und so entstand scheinbar aus heiterem Himmel die Idee, eine Geschichte zu schreiben, die auf den Plejaden spielt. Mir gefiel der Gedanke, dabei bekannte physikalische Gesetze zu ignorieren. Das Privileg der Fiktion! Das Schreiben hat mir viel Freude bereitet und ich wünsche Dir, liebe Leserin, lieber Leser, viel Spaß beim Lesen.

Ute Marth

Frankfurt, im Mai 2021

Inhalt

Wie es begann

Das ist die Geschichte von Karl, Lena, mir und meinem Falken Hakimi und unseren Reisen zu anderen Sternen. Wie das gehen soll? Das erzähle ich Euch gleich. Erst einmal möchte ich uns vorstellen. Karl ist fünfzehn Jahre alt, hat kurzes blondes Haar und schafft es auf wunderbare Weise, schnell zum Ziel zu kommen. Das war schon so, als wir noch viel jünger waren. Gab es ein Knäuel Kinder vor einem Eiswagen und Karl stand ganz hinten, hatte er schwuppdiwupp ein Eis. Dabei drängelte er nicht oder war gar unhöflich. Er schaffte es einfach auf eine unerklärliche Weise. Wir kennen uns schon von klein auf.

Lena ist sechszehn Jahre und hat langes blondes Haar und leuchtend blaue Augen. Sie ist ein bisschen schüchtern, zurückhaltend und sehr vorsichtig. Für Risiken ist sie nicht so zu haben. Wir kennen uns auch schon von Kindesbeinen.

Und ich? Ich heiße Manuk, habe rotbraune Haare und bin fünfzehn Jahre. Auch Jungs können Manuk heißen, aber ich bin ein Mädchen. Ich bin vorsichtig, habe aber eine Schwäche für Abenteuer. Ich liebe es, draußen zu sein und die Natur allein oder mit meinen Freundinnen und Freunden zu erkunden. Und dann habe ich noch einen Falken. Er heißt Hakimi, weil er so weise ist. Hakim ist das arabische Wort für weise. Er ist stets an meiner Seite und beschützt mich. Ja, ich weiß. Ein Falke ist kein Haustier. Hakimi ist anders als andere Falken. Ihr werdet sehen.

Am liebsten verbringe ich meine Zeit mit Karl und Lena. Wir treffen uns meist in unserem Baum am Fluss. Dort sind wir immer als Kinder hingegangen und haben uns Geschichten ausgedacht. Wir waren in einem Feenreich oder unser Baum war ein Schiff auf dem weiten, tosenden Meer. Oder wir haben am Ufer des Flusses gespielt, der an dem Baum vorbeifließt. Es ist ein Seitenfluss eines größeren Flusses, der ins Meer mündet. Er ist nicht sehr tief, wie ich feststellte, als ich beim Rudern einmal hineinfiel. Durch die vielen schönen Stunden, die wir dort verbracht haben, ist es eine Tradition geworden, sich dort zu treffen, wobei wir heute keine Feenspiele mehr machen und meist mit unseren Handys im Baum chillen. Denn man kann sich gut in den Baum legen, da von dem Baumstamm weit unten riesige Äste abgehen, die durch ihre Form eine kleine Höhle bilden. Wenn wir nicht mit unseren Handys beschäftigt sind, erzählen wir uns stundenlang, was uns beschäftigt.

Ich habe Karl und Lena berichtet, dass ich in der Schule Astronomie als Wahlpflichtfach gewählt habe. Schon immer habe ich mich für Sterne begeistert und im Sommer häufig auf der Dachterrasse unseres Hauses geschlafen und mir die Sterne und Sternschnuppen angeschaut, bis ich so müde war, dass ich einschlief. Oft habe ich mir vorgestellt, dass ich auf einem dieser Sterne wäre.

Und als wir wieder einmal entspannt in unserem Baum saßen und ich meinen Freunden erzählte, dass ich gerne auf einem anderen Stern sein möchte, fing der Baum an zu vibrieren. Was dann passierte, möchte ich Dir erzählen...

Es war der Beginn von vielen spannenden Abenteuern auf anderen Sternen.

Zeichnungen von den Höhlen

Höhleneingang und vorderer See

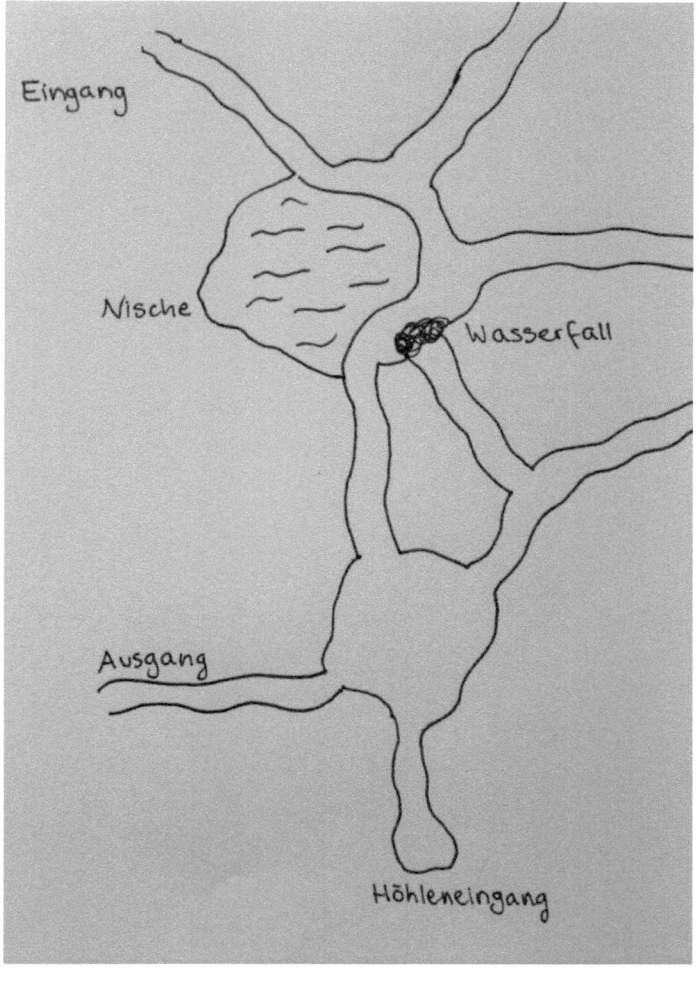

Weg zum hinteren See

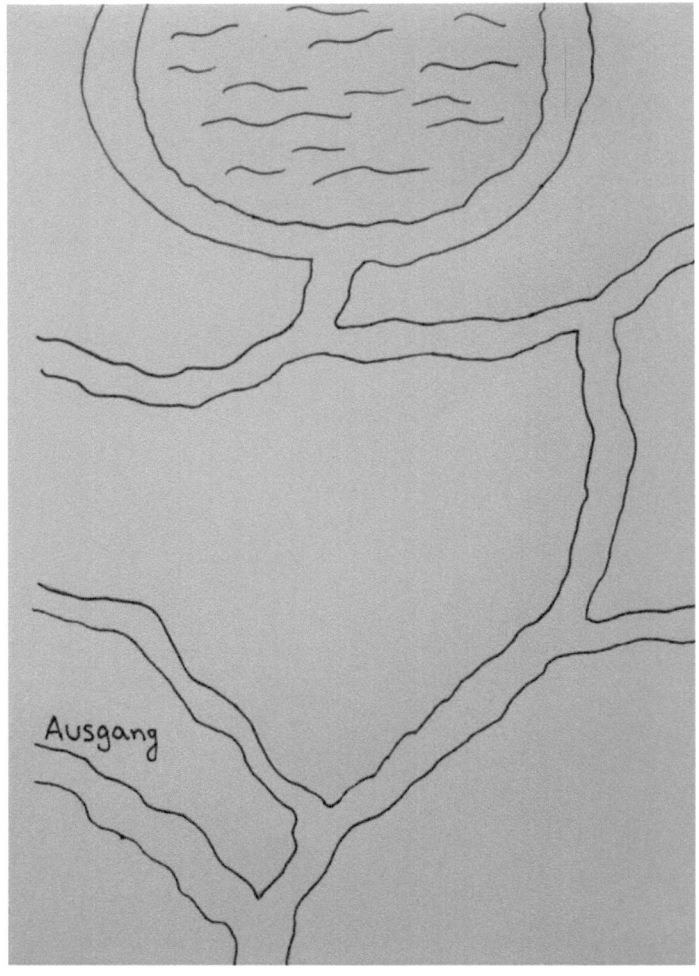

Ausgang vom hinteren See

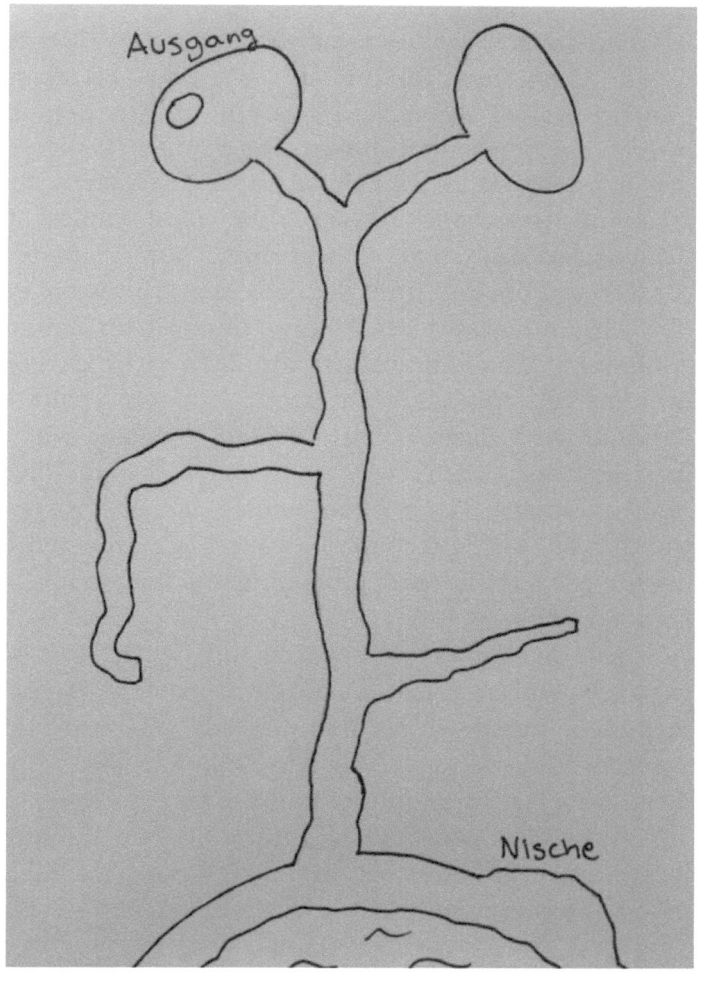

Tag 1 - Die Magie unseres Baumes

Es ist ein sonniger, warmer Frühlingstag. Ein leichter Wind lässt die Blätter in unserem Lieblingsbaum rascheln. Karl, Lena und ich chillen auf dem breiten Stamm zwischen den dicken Ästen; mein Falke Hakimi, der mich immer über mich wacht, hat es sich weiter oben bequem gemacht. Gerade als ich wieder einmal leidenschaftlich über Sterne und Dunkle Materie im Universum erzähle und wie cool es wäre, wenn man im Universum herumreisen könnte, fängt unser Baum an zu vibrieren. Alles um uns herum wird ganz dunkel. Wir werden durchgeschüttelt und sind so sehr damit beschäftigt, darauf zu achten, dass wir nicht herunterfallen, dass wir nicht sehen können, was mit uns geschieht. Nach einer endlos langen Zeit wird es ruhig. Als wir aufschauen, trauen wir unseren Augen nicht. Wir sind in einer ganz anderen Umgebung. Wie ist das möglich?

Diese Landschaft hat nichts mit der zu tun, die wir gerade verlassen haben. Es gibt keinen Zweifel. Wir befinden uns an einem fremden Ort. Aber wo? Und wie konnte das geschehen? In den Gesichtern von Karl und Lena sehe ich Verzweiflung und Neugier.

„Was ist passiert?", fragt Lena. Wenn ich auf diese Frage nur eine Antwort hätte. „Ich weiß es nicht. Ich habe überhaupt keine Ahnung. Geht es euch gut?"

Lena und Karl versichern, dass sie unversehrt sind, und auch ich scheine keinen Schaden von dieser eigenartigen Reise genommen zu haben.

Doch wo ist Hakimi? Mein ganzer Körper zuckt vor Angst zusammen. Ich werde ihn doch nicht verloren haben? Tränen der Verzweiflung steigen auf, als ich ihn nirgends erblicken kann. Doch plötzlich sehe ich in weiter Ferne einen Vogel. Ich spreche ein Stoßgebet: „Lass es bitte Hakimi sein." Gleichzeitig frage ich mich, ob Gott mich an diesem unbekannten Ort hört. Der Vogel kommt immer näher und dann erkenne ich ihn an seinem großen weißen Fleck am Hals auf seinem braun-weiß-schwarzen Gefieder: Ja, es ist mein geliebter Hakimi. Er setzt sich auf meine Schulter und legt seinen Kopf sanft an meinen. Karl und Lena rufen wie aus einem Mund: „Da ist ja Hakimi."

„Wie hat er die Fahrt überlebt? Und wo war er bei unserer Ankunft? Ich hatte ihn auf dem Baum, auf dem wir angekommen sind, doch überhaupt nicht gesehen. Hauptsache er ist da." All diese Gedanken gehen mir durch den Kopf. Wir sind so erleichtert.

Vor uns tut sich eine Landschaft auf, die mich an die Wüstensteppe in Nevada erinnert. Der Boden ist rötlich-braun und wie gespickt mit etwa einen halben Meter großen, grünen Büschen, soweit das Auge reicht. Es gibt einige Bäume, die jedoch sehr klein und kaum verzweigt sind.

Unter einem von ihnen sind wir gelandet. Er ist jedoch etwas größer und die Form seiner Blätter unterscheidet sich von der der anderen Bäume. Sie erinnern mich ein wenig an Ahornblätter. Am Horizont erhebt sich ein Felsen. Die Luft ist angenehm warm und es ist windstill.

„Wo können wir nur sein und wie sind wir hierhergekommen?", fragt Karl. Die Antwort darauf werden wir bald bekommen.

„Wenn ich das nur wüsste. Mir gefällt es hier ganz gut, und wenn es irgendeinen Weg hierher gibt, so wird es auch einen geben, der uns zurückführt", sage ich. Ich versuche, zuversichtlich und überzeugend zu klingen, aber ein Hauch von Angst schwingt in meiner Stimme mit.

Glücklicherweise hat unser Rucksack die Fahrt mitgemacht und ich packe die Trinkflaschen und unseren Proviant aus. „Komm, wir stärken uns erst einmal nach diesem Schock, und dann besprechen wir, was wir machen", schlage ich vor. Die anderen sind damit einverstanden.

Nachdem wir gegessen haben, blicken wir etwas mutiger in die Zukunft und beschließen, die Gegend zu erkunden.

„Wir sollten uns merken, auf welchem Baum wir gelandet sind. Denn wenn es einen Weg zurückgibt, dann sicherlich nur von hier", sage ich. Er hat dicke niedrig hängende Äste. Wir sind auf zwei gegenüberliegenden Ästen gelandet, die etwa einen Meter über dem Boden vom Baumstamm abgehen.

Karl antwortet: „Der Baum ist größer als die anderen und hat diese dreigeteilten Blätter. Dadurch können wir ihn gut erkennen. Wenn wir uns merken, dass er auf der Höhe der halben Länge des Felsens steht, werden wir ihn gut wiederfinden."

Rings um uns herum erstreckt sich diese steppenförmige Landschaft. Es ist hell, aber es ist keine Sonne sehen, so dass wir uns nicht an ihrem Stand orientieren können. „Lasst uns zu dem großen Felsen gehen", schlägt Karl vor. „Gute Idee", klingt es wie aus einem Munde von Lena und mir. „Vielleicht gibt es dort Wasser, damit wir unsere Flaschen auffüllen können", sage ich voller Hoffnung. „Zumindest bietet er uns Schutz."

Auf dem trockenen, ebenen Boden kommen wir gut voran. Ich habe Angst, dass hinter irgendeinem Baum eine Schlange hervorkommen könnte, aber es sind keine Tiere zu entdecken. Es ist still, man hört weder das Zirpen von Insekten noch den Gesang von Vögeln.

Nach etwa einer halben Stunde erreichen wir den Felsen. Er erhebt sich schroff über unseren Köpfen und ist vielleicht hundert Meter hoch und mehrere Kilometer breit. An manchen Stellen geht es senkrecht hoch, und dann wieder gibt es viele Abstufungen, die zum Klettern einladen. Die Felswände sind durchzogen von zahlreichen Löchern.

Karl beäugt die Felsformation und sagt: „Seht mal da", und zeigt mit dem Finger auf ein Loch, das etwa zweihundert Meter über dem Boden liegt, „wir könnten gut bis dahin klettern und schauen, ob dort ein Eingang ist."

Lena folgt mit den Augen Karls Finger und schaut etwas skeptisch drein. „Ja, wir können es versuchen", antwortet sie, wobei Zweifel und Angst an ihrer zittrigen Stimme zu erkennen sind.

„Ja, das machen wir", sage ich und prüfe, wo wir am besten hinaufklettern. „Dort gibt es eine Stelle, an der wir gut hochklettern können."

Wir laufen ein kurzes Stück nach rechts und Karl setzt als erstes seinen Fuß auf einen kleinen Felsvorsprung. Lena folgt ihm immer noch etwas verängstigt und ich bilde das Schlusslicht. So geht es Schritt für Schritt vorwärts. Abgekämpft erreichen wir nach einiger Zeit das Felsloch. „Lasst uns eine kleine Pause machen, und dann schauen wir, ob es zu einem Gang führt und wir dort Schutz und mit etwas Glück noch Wasser finden", sage ich. Erst jetzt merke ich, dass ich vor lauter Aufregung nicht auf Hakimi geachtet habe. Ich lasse meinen Blick schweifen und entdecke ihn auf einem Felsvorsprung einige Meter entfernt. Er wirkt ganz ruhig, geradezu majestätisch, wie er da so sitzt. Ich interpretiere das als ein gutes Zeichen.

Gestärkt wagen wir uns vor. Ein Glück haben wir eine Taschenlampe dabei, so dass wir erkennen können, dass es einen Weg ins Höhleninnere gibt.

„Sollen wir es wagen?", fragt Karl.

„Auf", sage ich und hoffe dabei, dass meine Angst nicht zu hören ist. „Wir haben nichts zu verlieren."

Karl, mutig wie immer, geht voran. Der Gang ist groß und breit, so dass wir gut aufrecht gehen können. Langsam tasten wir uns Schritt für Schritt vorwärts. Es herrscht Totenstille hier drin. Auf einmal wird Hakimi, der die ganze Zeit auf meiner Schulter saß, unruhig. Ich ahne, dass er zum Flug ansetzen möchte. Und schon ist er davongeflogen. Karl hält die Taschenlampe weiter hoch. Falken haben extrem gute Augen, aber etwas Licht brauchen sie auch, um gut sehen zu können. Doch irgendwann verschwindet er im Dunkel. Ich weiß nicht, was er vorhat, aber ich vertraue auf seine Weisheit und Intelligenz.

Da wir ihn nicht mehr sehen und hören, setzen wir unseren Weg in der totenstillen Höhle fort. Doch plötzlich höre ich ein Geräusch. „Still, bleibt mal stehen, ich höre da was."

„Hört sich an wie das Rauschen und Plätschern von Wasser", sagt Lena. „Ja", antworte ich unendlich erleichtert, da ich weiß, dass ein Mensch ohne Wasser nur wenige Tage überleben kann. Über Essen können wir uns noch später den Kopf zerbrechen. Wir setzen unseren Weg fort, bis wir an eine Gabelung kommen. „Was ist da für ein Geräusch?" Erwartungsvoll schauen wir uns an. Wie aus dem Nichts taucht plötzlich Hakimi auf und landet auf meiner Schulter. Ich neige meinen Kopf und streiche mit meiner Wange sein sanftes Gefieder. „Ein Glück bist du da. Welchen Weg sollen wir nehmen?", denke ich laut. Als hätte Hakimi meine Worte verstanden, fliegt er los und nimmt den linken Gang. Sein schneller Start hat einen leichten Schmerz an meiner Schulter hinterlassen, aber ich bin froh, dass er uns den Weg weist. „Lasst uns Hakimi folgen", sage ich zu den anderen.

Wir machen uns auf den Weg und die Geräusche von plätscherndem Wasser werden immer lauter. Plötzlich nach einer langgezogenen Kurve tut sich eine große lichtdurchflutete Höhle auf, in deren Mitte sich ein See befindet, der am hinteren Rand von einem Wasserfall gespeist wird. Hakimi sitzt scheinbar zufrieden auf einem Felsvorsprung neben dem Wasserfall. Der glasklare See glitzert in hellweißem Licht, das die Höhle erfüllt. Die Wassertropfen am Wasserfall funkeln und es ist ein schöner Regenbogen zu sehen. Ein traumhaftes Bild.

Von dem zauberhaften Anblick in den Bann gezogen, vergesse ich für einen Moment, was um mich herum geschieht. Ich schrecke auf und realisiere, dass ich mich mit meinen Freunden in einer Höhle an einem unbekannten Ort befinde, der weit entfernt von unserer Heimat sein muss, da die Landschaft hier so anders ist.

Hakimi kommt von dem Felsvorsprung angeflogen, setzt sich ans Ufer des Sees und trinkt von dem glasklaren Wasser. Es scheint nicht nur rein auszusehen, sondern auch trinkbar zu sein. Ich schöpfe mit meiner Hand Wasser ab und probiere es vorsichtig. Es schmeckt erfrischend. So etwas mutiger geworden, fülle ich es in meine leere Flasche und nehme einen ordentlichen Schluck. Sein Geschmack erinnert mich an das Wasser, das ich manchmal an Quellen in den Bergen trinke. Ein Stich geht durch mein Herz. Werde ich jemals wieder in den Bergen wandern? Waren mir diese Wanderungen oft verhasst, so erscheinen sie mir jetzt wie das Schönste, was man sich vorstellen kann. „Das Wasser scheint sauber zu sein", rufe ich Karl und Lena zu. Auch sie sind beeindruckt von der Schönheit dieser Höhle.

Als wir so dastehen, noch ganz unter dem Eindruck der besonderen Atmosphäre, nehmen wir gleichzeitig ein Geräusch wahr und schauen uns mit hochgezogenen Augenbrauen an. „Es kommt aus der Richtung des Wasserfalls", stellt Lena fest. „Was ist das? Es hört sich an wie ein brummender Gesang", sagt Lena ängstlich.

„Lasst uns schauen, was das ist", schlage ich vor. Wir gehen links an dem See vorbei, bis wir zu dem Wasserfall gelangen. Dort sehen wir, dass sich dahinter ein Gang befindet. Als ich mich in seine Richtung bewege, sagt Lena: „Wir wollten doch nur schauen, ob wir Wasser finden. Lasst uns zurückgehen und uns überlegen, wie wir wieder nach Hause kommen." Ich sehe, dass Karls Neugier angestachelt ist, und auch ich würde gerne wissen, was sich hinter diesem Brummen verbirgt.

„Wir gehen ein paar Schritte in den Gang, und wenn es uns zu gefährlich erscheint, kehren wir um", schlägt Karl vor. „Seid ihr einverstanden?"

Ich bin dabei und auch Lena stimmt zu, wenn auch mit einem mulmigen Gefühl. Karl geht voran und Stück für Stück tasten wir uns vor. Ein Glück leuchtet die Taschenlampe den Gang gut aus.

Plötzlich fühlen wir uns, als hätten wie einen Stromschlag bekommen, und bleiben erstarrt stehen. Vor uns ist nichts zu sehen. Doch dann hören wir Geräusche hinter uns. Wir haben nicht bedacht, dass die Gefahr von hinten kommen könnte. Stimmen sind zu hören. Das beruhigt mich. Immerhin werden wir nicht von wilden, hungrigen Tieren verfolgt. Es scheinen mehrere Personen zu sein, die miteinander sprechen. Ihre Sprache habe ich noch nie gehört. Langsam können wir uns aus unserer Erstarrung lösen. Ich bin unentschlossen, ob ich versuchen soll, mich zu bewegen. Aus den Augenwinkeln kann ich beobachten, dass Lena und Karl noch in der gleichen Stellung verharren.

Mir scheint es, als seien viele Minuten vergangen, doch es waren wohl nur einige Sekunden, bis meine Neugier siegt und ich mich langsam umdrehe.

Tausend Steine fallen mir vom Herzen. Ich blicke in die freundlichen Augen von drei Personen. Ihr Aussehen erinnert mich an Bilder von Außerirdischen. Ihr Kopf hat eine längliche Form und ihre Augen, ihre Nase und ihr Mund sind wie ihr gesamter Körper sehr groß. Sie tragen lange, blaue Gewänder. Ihr Alter dürfte über unserem liegen. Sie wirken sympathisch. Auch Lena und Karl haben sich umgedreht und ich spüre ihre Erleichterung.

„Wie heißt ihr?" Ich traue meinen Ohren nicht. Sie sprechen unsere Sprache. Ich bin erstaunt und leicht gehemmt. Nochmals höre ich die Frage: „Wie heißt ihr?" Die Person in der Mitte hat sie uns gestellt. Langsam antworte ich: „Das neben mir ist Karl und neben ihm steht Lena und ich bin Manuk."

„Herzlich willkommen bei uns", antwortet er. Ich bin kaum in der Lage, etwas zu entgegnen, aber ich nehme meinen ganzen Mut zusammen, da mir scheint, dass diese drei fremdartig aussehenden Wesen nichts Böses von uns wollen. „Und wer seid ihr? Und wo sind wir hier?"

„Ich bin Nomarik und das sind Kamino und Menarina. Wo ihr hier seid, möchten wir euch im Moment nicht sagen, aber ihr braucht keine Angst zu haben. Wir und alle anderen Wesen, die hier leben, werden euch nichts tun."

Jetzt scheint sich auch Lena zu entspannen und fragt mutig: „Können wir von hier wieder nach Hause kommen?"

„Ja, das ist möglich", antwortet Kamino. Eine Welle von Erleichterung erfasst Lena, Karl und mich.

Auch wenn die drei anders aussehen als wir und alle Menschen, die ich je gesehen habe, scheinen sie nett zu sein. Und das Wichtigste: Es geht keine Gefahr von ihnen aus. Und wir werden nicht verhungern müssen. Und glücklicherweise können wir wieder nach Hause kommen.

„Lasst uns jetzt losgehen, damit wir noch vor Anbruch der Dunkelheit in der Stadt ankommen. Ihr könnt bei uns übernachten. Vertraut uns. Es wird euch nichts geschehen", sagt Nomarik.

„Seid ihr einverstanden?", frage ich Lena und Karl, die nur wortlos nicken. Was bleibt uns auch anderes übrig.

Ich finde es, schwer zu ertragen, dass sie nicht mehr Informationen preisgeben, aber sie wirken vertrauensvoll, so dass ich jetzt zuversichtlicher bin.

„Was habt ihr hier in der Höhle gemacht?", fragt Karl.

„In dieser Höhle ist etwas Wertvolles versteckt, auf das es Fremde abgesehen haben. Eure Ankunft hat damit zu tun", antwortet Nomarik.

Das klingt geheimnisvoll und Geheimnisse haben mich schon immer besonders interessiert. Ich wundere mich, dass Menarina bisher noch kein Wort gesagt hat. Sie wirkt nicht schüchtern, scheint mir aber sehr still und in sich gekehrt. Vielleicht ist sie auch nur nachdenklich.

Als könnte sie meine Gedanken lesen, sagt sie: „Lasst uns jetzt gehen. Wir können im Haus noch weiterreden." „Folgt uns", fordert uns Nomarik auf. Mir scheint, dass er der Anführer ist. Zu unserem Erstaunen gehen wir nicht zurück, sondern laufen den Gang weiter. Die drei tragen eine Kette mit einem großen, runden Anhänger um den Hals. Dessen Rand ist mit ineinander verschlungenen Linien verziert, die mich an keltische Knoten erinnern. In der Mitte formt ein dünner metallener Strang ein Auge, wobei die Pupille durch einen Stein dargestellt wird. Wahrscheinlich ist es ein Amulett.

Als plötzlich ein heller Lichtstrahl aus dem Auge austritt, läuft es mir eiskalt den Rücken runter. Wie kann das sein? Aus allen drei Amuletten kommt dieser leuchtende Strahl. Ich ahne, dass dies nicht der einzige Trick ist, den die drei auf Lager haben. Als ich zu Lena und Karl blicke, sehe ich in ihren Augen Verwunderung.

Durch diese Strahlen wird der lange vor uns liegende Gang erhellt. Es gibt noch eine Abzweigung. Zielsicher folgen die drei ihrem Weg. Wir gehen schweigend hinter ihnen her. Nach etwa fünfzehn Minuten gelangen wir in einen Höhlenraum, an dessen Decke sich eine Öffnung befindet, durch die ein schwacher Lichtstrahl eintritt.

„Könnt ihr gut klettern?", fragt Kamino. „Ja", sagen Lena, Karl und ich wie aus einem Mund. Wir drei haben in unserem Sportverein viele Kletterkurse gemacht und bei unseren Erkundungen haben wir schon den einen oder anderen Berg erklommen.

Am Rand der Höhle befinden sich Felsvorsprünge. Wir hangeln uns vorsichtig vorwärts. Vom letzten

Felsvorsprung bis zur Öffnung ist der Abstand sehr groß. Glücklicherweise ist dort ein Seil befestigt. Nomarik zieht sich mühelos hoch, da er wie Kamino und Menarina größer ist als wir. Mit Hilfe des Seils kommen wir gut durch den Höhlenausgang.

Meine Augen müssen sich an das Licht gewöhnen, auch wenn es schon anfängt zu dämmern. Die Landschaft sieht hier wie am Eingang der Höhle aus. „Folgt mir", sagt Nomarik. „Kamino und Menarina, geht ihr am Schluss und achtet darauf, ob uns jemand verfolgt. Bitte seid alle ganz leise. Wir wollen nicht, dass uns jemand sieht."

Karl und Lena schauen mich an. Sie denken das Gleiche wie ich: „Wie sollen wir unbeobachtet zur Stadt kommen bei dieser kargen Landschaft? Und wer sollte uns verfolgen?"

Schritt für Schritt folgen wir Nomarik. Er strahlt Ruhe und Stärke aus, die sich auf uns überträgt. Nomarik, Kamino und Menarina schauen sich immer wieder in alle Richtungen um. Nach einer Weile bleibt Nomarik stehen und blickt prüfend um sich. Als er nichts Verdächtiges entdeckt, beugt er sich nach unten und schiebt eine Felsplatte zur Seite. Ein knapp ein Meter großes Loch kommt zum Vorschein. „Los springt da hinein", sagt er zu uns, „ihr braucht keine Angst haben, es geht nicht tief hinunter." Lena, die froh ist, aus der Sichtweite von etwaigen Verfolgern zu verschwinden, springt als Erste. Hakimi, der die ganze Zeit über ganz still und leise auf meiner Schulter gesessen hat, so als hätte er gespürt, dass wir unentdeckt bleiben sollen, entscheidet sich, durch das Loch zu fliegen. Ich springe hinterher und als Letzte kommt Menarina. Als ich schon fragen wollte, wie sie die Felsplatte wieder über das Loch bekommen, sehe ich, dass Menarina an einem Griff, der sich an der unteren Seite befindet, die Platte über die Öffnung zieht. Ich staune nicht schlecht, wie viel Kraft sie hat. Ich denke, dass man ruhige, zurückhaltende Personen nie unterschätzen sollte. Wieder leuchtet es aus den Amuletten, und ein langer, enger Gang ist zu erkennen, durch den wir uns langsam und weiterhin leise vorwärts tasten. Hakimi hat es sich auf meiner Schulter bequem gemacht. Nach einiger Zeit ist eine Treppe zu sehen und Licht, das von oben kommt.

„Wir sind da", sagt Nomarik, und er scheint erleichtert, dass wir sicher angekommen sind. Wir gehen langsam die Treppe hinauf und gelangen zu meinem Erstaunen in ein Zimmer. Der Boden besteht aus einer Sandschicht und die Wände aus einem braunen Material, das wir Lehm aussieht. Es stehen einige Stühle und ein Tisch in diesem Raum. Ansonsten ist alles sehr kahl. Also scheinen diese Wesen nicht nur äußerlich Ähnlichkeit mit uns zu haben, sondern auch hinsichtlich ihrer Art zu wohnen. Sie haben Möbel wie wir, auch wenn die Einrichtung einfach gehalten ist. Ob sie Betten haben? Nach all dem, was wir heute erlebt haben, würde ich auf einem harten Sandboden schlafen können.

„Lasst uns jetzt schlafen gehen", schlägt Kamino vor. „Es war ein abenteuerlicher Tag."

„Einverstanden. Ich zeige den dreien den Schlafraum", antwortet Nomarik und bittet uns, ihm zu folgen.

Man sollte meinen, dass die drei uns jetzt endlich unsere Fragen beantworten und uns erklären, wie wir hierhin gekommen sind, wo wir sind und vor allem, wie wir wieder zurückkommen. Aber offensichtlich möchten sie das nicht tun.

Obwohl diese wichtigen Fragen im Raum stehen, fühle ich eine bleierne Müdigkeit, die mir nicht erlaubt, nochmals mit Nachdruck nachzufragen. Auch Karl und

Lena haben Mühe, die Augen offenzuhalten. Diese eigenartige Reise hat uns ausgezehrt. Schweigend folgen wir Nomarik, der uns in ein Zimmer im ersten Stock führt. Dort stehen Betten aus Holz. Die Zudecken bestehen aus einem Geflecht aus Wurzeln oder Pflanzenfasern. Die Matratzen scheinen aus dem gleichen Material zu sein.

„Dort in der Schüssel ist Wasser, mit dem ihr euch waschen könnt. In dem Tonkrug ist Wasser zum Trinken. Bitte seid ganz leise, bis wir euch morgen früh abholen. Und nähert euch auf keinem Fall den Fenstern. Es ist besser, wenn niemand von euch weiß." Nomarik verlässt leise den Raum.

Gerne würde ich noch mit Lena und Karl sprechen, aber ich bin viel zu müde. Ich umarme die beiden und lege mich ins Bett. Selbst ans Waschen ist nicht zu denken. Ich stelle nur Hakimi ein Schälchen Wasser auf den Tisch, damit er trinken kann. Er nimmt ein paar Schlucke und fliegt dann zu einer Nische in der Wand. Dies scheint für Hakimi ein guter Platz zum Schlafen zu sein.

Ich sehe noch, wie Karl und Lena sich kurz Gesicht und Hände waschen und einen Schluck trinken, bevor mir die Augen zufallen und ich in einen tiefen Schlaf sinke.

Tag 2 – Erkundung der Höhle

Als ich am nächsten Tag die Augen öffne, ist es schon hell. Lena und Karl schlafen noch. Wo sind wir hier nur gelandet? Und obwohl ich es immer noch nicht fassen kann, dass wir an einem weit entfernten Ort sind und noch nicht wissen, wann und wie wir nach Hause zurückkehren können, bin ich nicht mehr so ängstlich wie am Vortag. Mit Nomarik, Kamino und Menarina zusammen zu sein, hat etwas Beruhigendes. Und die Worte Kaminos, dass es uns möglich sein wird, nach Hause zurückzukehren, lassen mich zuversichtlich sein. Ich wundere mich über die Stille, denn wir befinden uns in einer Stadt.

Als ich so in Gedanken versunken bin, höre ich jemanden die Tür öffnen und schaue in die Richtung. Menarina betritt den Raum. Sie sieht frischer und erholter aus als gestern. Sie scheint ein neues Gewand zu tragen. Jedoch auch wieder ein blaues. Auffallend liegt über ihrer Brust das große, runde Amulett, das geheimnisvoll und magisch wirkt.

„Guten Morgen", begrüßt mich Menarina und lächelt mich an.

Ich gebe sicherlich ein schreckliches Bild ab. Die Haare zerzaust und komplett ungewaschen. Zaghaft entgegne ich ihr: „Guten Morgen."

„Hast du gut geschlafen?", fragt sie. „Wie ein Stein", antworte ich. „Wenn ihr wollt, könnt ihr euch frisch machen. Ich hole euch gleich ab". Mit diesen Worten verlässt sie den Raum. Ich wecke Karl und Lena. Sie sind erstaunlich ruhig und gelassen. „Wie habt ihr geschlafen?", frage ich. „Gut".

„Ich auch", sagt Karl. Beide erheben sich. Wir waschen uns nacheinander, und keiner von uns hat das Bedürfnis, etwas zu sagen. Gerade als wir fertig sind, klopft es an der Tür. Es ist Menarina, und sie bittet uns, ihr zu folgen. Wir gehen ein Stockwerk höher und gelangen in eine Art Küche mit einem großen Tisch, auf dem Schüsseln, Teller, Becher und ein Krug stehen. Ich kann nicht erkennen, was sich in den Schüsseln befindet, aber es sieht nach etwas Essbarem aus. Mir läuft das Wasser im Mund zusammen.

„Guten Morgen", sagen Nomarik und Kamino, wobei mir Nomarik einen Tick länger in die Augen schaut, als wolle er in meinen Augen lesen, was ich denke und fühle. Ich merke, wie mich dieser Blick nervös macht, ohne mir unangenehm zu sein. Karl, Lena und ich begrüßen sie mit einem „Guten Morgen".

Hakimi, der auf meiner Schulter gesessen hat, entdeckt auch in diesem Zimmer eine Nische in der Wand, wo er sich niederlässt. Diese Nischen scheinen zu seinen Lieblingsplätzen zu werden. Da ich nicht weiß, was sich in den Schüsseln befindet, stelle ich ihm nur Wasser hin.

Auch Nomarik und Kamino haben ihre Gewänder gewechselt. Sie wirken entspannter als am Vortag und schauen uns freundlich und neugierig an. Es ist nicht erstaunlich, dass sie uns beäugen, da wir gestern nicht viel Zeit hatten, uns miteinander vertraut zu machen.

„Ihr habt bestimmt Hunger", sagt Kamino. „Hier in den Schüsseln sind verschiedene Früchte, Samen und Pasten, die ihr essen könnt."

Das Geschirr besteht aus pflanzlichen Materialien. Sie ähneln Körben, wie man sie zum Beispiel in Spanien sieht und die aus Halfa- oder Espartogras geflochten werden. Die Becher und Krüge scheinen aus Ton zu sein.

Wir greifen zu, und als wir merken, wie köstlich alles ist, haben wir keine Scheu, ein zweites Mal zu nehmen. Ich tue verschiedene Speisen auf einen Teller und stelle sie Hakimi hin mit dem Gedanken, dass Tiere ein natürliches Gefühl dafür haben, welche Nahrungsmittel für sie verträglich sind und welche nicht. „Warum esst ihr nichts?", fragt Lena.

„Wir können essen, wenn es uns ein Bedürfnis ist, aber unsere Körper kommen auch ohne Nahrung aus", erklärt Kamino. Genüsslich über meinem Teller kauend, hebe ich meinen Kopf und schaue ihn ungläubig an. „Wie soll das denn gehen?", frage ich, mit halbvollem Mund. Die Neugierde war stärker als meine gute Erziehung.

„Um uns ausreichend zu versorgen, reicht die Vorstellung, dass wir Nährendes zu uns nehmen. Wenn wir wirklich einmal Lust haben, etwas zu essen, dann können wir dies tun. Aber es ist nicht notwendig. Wasser trinken wir ab und zu."

Karl und Lena schauen Kamino mit hochgezogenen Augenbrauen und halboffenem Mund an.

Ich merke, dass der Augenblick gekommen ist, die drei zu fragen, wer sie sind und wo wir uns hier befinden. Von solchen Lebensgewohnheiten habe ich noch nie gehört.

Als könne Nomarik Gedanken lesen, schaut er uns nacheinander ruhig an und sagt: „Bitte macht euch keine Sorgen. Ihr könnt wieder nach Hause zurückkehren, auch wenn ihr weit von eurem Heimatort entfernt seid. Ihr seid durch den Weltraum gereist und auf einem anderen Stern gelandet.

Ich kann kaum glauben, was ich gerade gehört habe. Durch den Weltraum gereist? Wir sollen auf einem anderen Stern sein? Wie denn das? Es geht mir durch den Kopf, dass der Mond unbewohnt ist und alle anderen Planeten, auf denen es vielleicht Leben geben könnte, viel zu weit von der Erde entfernt sind, um schnell dorthin zu kommen. Ihr seid hier auf den Plejaden und wir sind Plejader", erklärt Nomarik. Eine tiefe Stille tritt ein. Lena und Karl schauen mich ungläubig an. In meinem Kopf habe ich ein dumpfes Gefühl, als würde ich unter einer Glocke sitzen. Mir ist, als würde ich gar nicht da sein. Als wäre ich in einem Traum und wartete, dass ich endlich erwache. Doch ich merke, dass ich nicht träume. Langsam kann ich wieder denken und es platzt aus mir heraus: „Wie kann das denn sein? Ist das wirklich wahr? Die Plejaden sind doch Lichtjahre von der Erde entfernt."

„Etwa 400 Lichtjahre", sagt Menarina, ohne belehrend zu wirken. „Du hast recht, mit einem normalen Raumschiff könntet ihr nicht zu uns reisen. 400 Jahre braucht das Licht, um von der Erde hierherzukommen. Das Licht bewegt sich mit 300.000 km pro Sekunde. Ihr müsstet euch etwa mit einer Geschwindigkeit von 2,6 Billionen Kilometer pro Stunde fortbewegen, um innerhalb von zwei Monaten zu uns zu gelangen. Das wäre 2400 Mal schneller als das Licht. Aber wie ihr seht, gibt es andere Möglichkeiten, solche Entfernungen zu überwinden."

„Welche sind das?", will ich wissen. Ich sehe, dass Karl und Lena zu geschockt sind, um Fragen zu stellen.

„Das werden wir euch ein anderes Mal erklären", antwortet Menarina.

Da sie dazu nichts sagen möchte, bitte ich sie, über das tägliche Leben der Plejader zu berichten: „Wie alt werdet ihr und wie lebt ihr?"

Menarina stillt meinen Wissensdrang: „Im Allgemeinen werden wir etwa 400 Jahre alt. Aber wir können selbst entscheiden, wie lange wir leben möchten. Wenn uns die Zeit nicht reicht, verlängern wir unsere Lebenszeit. Wir sind wie ihr mit achtzehn Jahren erwachsen."

„Wie alt seid ihr?", fragte Lena neugierig, die sich wie auch Karl mittlerweile von ihrem Schock erholt hat.

„Nomarik und Kamino sind siebzehn Jahre alt und ich bin sechszehn."

„Oh, dann seid ihr ja etwa so alt wie wir, ich dachte, ihr seid älter. Wie kommt es, dass ihr dann alleine hier wohnt? Zumindest habe ich keine Eltern sehen oder hören können", fragt Lena.

„Wir sind mit vierzehn Jahren zu dritt hier in das Haus gezogen", antwortet Menarina.

Karl, Lena und ich schauen uns verdutzt an. Mit vierzehn Jahren von zu Hause ausziehen? Das klingt toll. Ich stelle mir vor, wie ich den ganzen Tag Dinge tue, die mir Spaß machen, ohne dass jemand sagt, dass ich noch aufräumen oder meine Hausaufgaben machen soll. Ich könnte abends so lange bei meinen Freundinnen bleiben, wie ich Lust hätte.

„Wie kommt es, dass ihr schon so jung alleine wohnen dürft?", fragt Karl, der sich die ganze Zeit zurückgehalten hat.

„Wir sind verantwortungsbewusst", antwortet nun Nomarik, „und unsere Eltern wissen, dass wir im Allgemeinen nichts machen, was sie beunruhigen müsste. Im Moment ist es leider nicht ganz so. Wir sind Wesen von einem anderen Stern auf der Spur, die uns bedrohen."

Ich merke, wie mir es eiskalt den Rücken hinunterläuft. Ich habe noch so viele Fragen zu den Plejadern, und ich kann Lena und Karl ansehen, dass auch sie gerne mehr erfahren hätten. Aber bei dem ernsten Ausdruck von Nomarik trauen wir uns nicht, weitere Fragen zu stellen.

„Eure Ankunft ist nicht überraschend für uns. Eine weise Kraft, die wir immer um Hilfe bitten können, hat uns mitgeteilt, dass Wesen von einem anderen Stern hier landen würden, um uns zu helfen. Wir haben gestern Abend nochmals die weise Kraft befragt, und sie hat uns bestätigt, dass ihr diese Wesen seid", erklärt uns Kamino.

„Wie sollen wir euch denn helfen können? Alles ist uns fremd hier und mit Wesen von anderen Sternen haben wir auch nichts zu tun", platzt es aus Karl heraus. Ich verstehe, dass er ungehalten ist. Mir ist schon bange, wenn ich daran denke, wie wir wieder nach Hause zurückkommen. Dass wir hier Abenteuer zu bestehen habe, lässt mich erschaudern. Gleichzeitig scheint es mir verlockend, diese Herausforderung anzunehmen.

„Wir zeigen euch unsere Stadt", sagt Kamino und lässt Karls Frage unbeantwortet. „Dazu müsst ihr so wie wir blaue Umhänge tragen. So werdet ihr nicht auffallen."

„Wir gehen dadurch ein Risiko ein, aber uns bleibt nichts anderes übrig. Es ist wichtig, dass ihr euch hier auskennt. Außerdem lernt ihr so unser Lebensumfeld kennen. Ihr seid kleiner als wir, aber wenn ihr die Kapuzen überzieht, wird man eure Gesichter nicht sehen. Wenn Plejader ein anderes Wesen genau anschauen und sich auf dieses konzentrieren, können sie Informationen über dieses Wesen erhalten. Bitte verhaltet euch unauffällig, damit niemand auf die Idee kommt, Informationen über euch bekommen zu wollen", erklärt uns Nomarik.

„Wie sollen wir uns verhalten?", fragt Lena. „Zieht die Kapuzen über und schaut nach unten, wenn uns andere begegnen. Folgt uns einfach, ohne zu sprechen", antwortet Nomarik. Erst jetzt fällt mir auf, dass Nomarik,

Kamino und Menarina unsere Sprache sprechen, als hätten sie sie von Kindesbeinen auf gelernt. „Was sprecht ihr für eine Sprache, und wie kommt es, dass ihr unsere Sprache versteht?", frage ich.

„Es ist für uns ganz einfach, die Sprache von Bewohnern anderer Sterne zu verstehen und zu sprechen. Wie das genau funktioniert, erkläre ich euch ein anderes Mal. Wir sprechen hier auf den Plejaden nicht viel. Oft unterhalten wir uns durch telepathischen Gedankenaustausch. Wir stellen uns auf den anderen ein und der andere muss sich gedanklich öffnen, und dann können wir Gedanken lesen und erkennen, was die andere Person sagen möchte. Daher ist es so wichtig, auf seine Gedanken zu achten. Wenn wir aber laut sprechen möchten, dann nutzen wir eine Sprache, die ähnlich aufgebaut ist wie die Sprachen auf der Erde", antwortet Nomarik.

In der Zwischenzeit hat Menarina drei blaue Umhänge mit Kapuzen für uns geholt. Wir ziehen sie über unsere Kleidung mit der Kapuze über den Kopf und folgen Nomarik zwei Stockwerke hinunter. Die Treppe ist aus Holz. An den lehmartigen Wänden hängen Bilder mit geometrischen Figuren. Als wir vor die Tür des Hauses treten, ist mir mulmig zumute. Karl, Lena und ich gehen dicht nebeneinander. Wir gehen hinter Nomarik. Kamino und Menarina bilden das Schlusslicht. Da es ruhig ist und ich aus den Augenwinkeln keine anderen Wesen sehen kann, schaue ich mich vorsichtig um. Die Straßen sind gesäumt von zwei- bis dreistöckigen Gebäuden, die aus Lehm gemacht zu scheinen. Sie erinnern mich an Städte in Afrika oder im Jemen. Allerdings haben sie nicht diese weißen Verzierungen, wie man sie im Jemen sieht. „Wie viele solcher Gebäude im Jemen überhaupt noch stehen bei diesem furchtbaren Bürgerkrieg", geht es mir durch den Kopf. Alles ist erfüllt von einer unheimlichen Stille. Autos scheint es nicht zu geben. Wir gehen einen Berg hinauf bis zu einem großen Platz, auf dem wir stehen bleiben.

„In dem dreistöckigen Gebäude trifft sich mindestens einmal im Monat der Rat der Weisen. Solltet ihr je in Not geraten und uns nicht finden, dann könnt ihr zu diesem Haus gehen. Es ist immer ein Mitglied des Rates da, der eine Art Bereitschaftsdienst hat. Ihr könnt ihn bitten, direkt die Vorsitzende Manukamira zu sprechen. Sie wohnt einige Straßen weiter. Merkt euch den Platz und das Haus gut", erklärt uns Nomarik.

Wir überqueren den Platz, der sich an der höchsten Stelle der Stadt befindet, und gehen auf einem anderen Weg wieder zurück zum Haus.

Die meiste Zeit halten wir den Kopf gesenkt. Dennoch kann ich sehen, dass es keine Geschäfte oder Cafés wie bei uns gibt. Vor den Häusern stehen Bänke, auf denen jüngere und ältere Plejader zusammensitzen und sich in ihrer fremdartig klingenden Sprache unterhalten. Die Häuser sehen sich ähnlich. Sie haben zwei bis drei Stockwerke, bestehen aus diesem lehmartigen Material und sind recht einfach gehalten. Manchmal gibt es reich verzierte fünfstöckige Gebäude. Mir fällt auf, dass ich die Plejader immer in Gruppen sehe und mehr Männer als Frauen unterwegs sind.

Für mich unerwartet sind wir vor dem Haus von Nomarik, Kamino und Menarina angelangt. Ich bin froh, in Sicherheit zu sein. Hakimi, der nicht mit uns kommen durfte, kann später im Dunkeln nach draußen und sich austoben. Wir gehen in den zweiten Stock, wo sich die Küche und ein Wohnzimmer befinden. Wir setzen uns an den großen Holztisch, an dem wir am Morgen gefrühstückt haben. An den Wänden stehen halbhohe

Schränke aus Holz. Ich sehe Schalen mit Nahrungsmitteln darauf stehen. So etwas wie einen Kühlschrank oder Backofen oder gar eine Spülmaschine kann ich nicht entdecken. Kamino stellt uns Essen und einen Tonkrug mit Wasser auf den Tisch. Karl, Lena und ich greifen zu und legen uns das Essen auf Pflanzenblätter, die als Teller dienen. Wie praktisch und ökologisch, denke ich. Mir fällt auf, dass die drei wieder nichts essen.

Nomarik sagt in die Stille hinein: „Ich weiß, dass ihr mehr über uns wissen möchtet, deshalb beschreibe ich euch einige unserer Eigenschaften. Im Laufe der Zeit werdet ihr mehr über uns erfahren. Wir haben einen halbphysischen Körper, der einem menschlichen Körper von außen recht ähnlich sieht. Wir haben jedoch die Möglichkeit, unseren Körper feinstofflicher zu machen, so dass wir dadurch für einige Wesen unsichtbar werden. Ihr könnt euch das so vorstellen, als würden wir aus Gas bestehen. Unsere halbphysischen Körper funktionieren trotz der Ähnlichkeit zu euch ganz anders. Und wie ihr wisst, werden wir im Allgemeinen auch viel älter. Im Universum gibt es ganz viele unterschiedliche Wesen, die nur feinstofflich oder auch physisch mit euren Augen wahrnehmbar existieren. Das ist etwas schwierig zu verstehen, und vielleicht werdet ihr später erkennen, was ich damit meine. Einige von uns Plejadern halten sich auf der Erde auf und haben Verbindung zu Menschen. Mit diesen Plejadern stehen wir in Kontakt und auch mit Menschen, die von unserer Existenz wissen und über Gedanken mit uns kommunizieren. Uns wurde mitgeteilt, dass drei Menschen auf unserem Stern landen werden, die uns bei unserer Mission unterstützen. Wir Plejader meditieren jeden Tag und haben in der Meditation Zugang zu Informationen im Weltall. Außerdem kann unser plejadischer Rat der Weisen einen galaktischen Rat der Weisen anrufen. Unser plejadischer Rat hilft uns bei allen wichtigen Anliegen.

In einer Meditation wurde uns mitgeteilt, dass Wesen von einem anderen Stern hierherkommen, um etwas Wertvolles zu stehlen, das sich in oder bei einem See befindet. Wir vermuten, dass es der See in der Höhle ist, den ihr gestern gesehen habt. Wir haben dies unserem Rat der Weisen mitgeteilt, aber er wollte nichts unternehmen und meinte, dass keine Gefahr bestehe. Wir sind aber nicht davon überzeugt, da die Wesen bedrohlich erschienen. Leider konnten wir nicht viele Details wahrnehmen. Wir Plejader haben Zugriff auf Informationen über Ereignisse, die in der Zukunft liegen, aber es ist uns nicht immer möglich, alles genau zu erkennen. Die Fähigkeit zur Hellsicht ist bei den Mitgliedern des Rates der Weisen viel weiter entwickelt als bei uns und wir haben großen Respekt vor ihren Entscheidungen, aber wir können nicht verstehen, warum der Rat nichts unternimmt.

Ihr müsst wissen, dass es viele friedliebende Wesen im Universum gibt und wir in Frieden miteinander leben, aber einige sind machtbesessen und wollen andere beherrschen. Das kennt ihr bestimmt auch von eurem Heimatplaneten. Daher bitten wir jeden Tag in der Meditation um Informationen über diese Wesen und erkunden die Höhle täglich. Bisher haben wir dort noch keine Spuren von Wesen von anderen Sternen gefunden."

„Und was ist unsere Rolle dabei?", fragt Karl. „Das wissen wir nicht ganz genau. Scheinbar verfügt ihr über Fähigkeiten, die wir nicht haben, aber die wichtig bei der Verhinderung des Diebstahls sind", antwortet Nomarik.

Das finde ich erstaunlich, was ich nicht ausspreche, um den dreien nicht den Mut zu nehmen. Ich kann mir kaum vorstellen, dass wir etwas können, das diese besonderen Wesen nicht beherrschen. Nach dem kurzen Vortrag von Nomarik frage ich mich, was ich über die Plejaden weiß. Ich erinnere mich an meinen Astrologieunterricht in der Schule und was ich dort über sie gelernt habe. Sie heißen auch Siebengestirn, da sie aus sieben gut sichtbaren Sternen bestehen, die die Menschen schon vor der Entwicklung von Teleskopen mit bloßem Auge sehen konnten. Sie spielten eine Rolle bei der Bestimmung des Zeitpunkts der Aussaat in der Landwirtschaft. Bei den Maoris, den Ureinwohnern Neuseelands, den Indianern und den Griechen ranken sich Mythen über die Plejaden. In der griechischen Mythologie sind sie weibliche Naturgeister, die in Tauben verwandelt und dann in den Himmel versetzt wurden.

„Auf welchem Stern sind wir?", frage ich.

„Ihr seid hier auf Merope", antwortet Menarina.

„Merope ist in der griechischen Mythologie eine Tochter von Atlas und der Okeanide Pleione", murmle ich vor mich hin.

„Okea was?", fragt Karl. „Okeanide", antworte ich. „Okeaniden sind die Töchter von Okeanos und Tethys. Okeanos ist die göttliche Personifikation eines Flusses, der die Welt umfließt. Tethys ist eine Meeresgöttin und griechische Titanin. Sie ist die Tochter von Uranos und Gaia und ist mit ihrem Bruder Okeanos verheiratet."

Als ich die hochgezogenen Augenbrauen von Karl sehe, füge ich hinzu: „In der griechischen Mythologie sind etwas eigenartige Liebes- und Verwandtschaftsbeziehungen nicht ungewöhnlich. Uranus ist der Sohn von Gaia und hat mit ihr Kinder. Es sind die zwölf Titanen und zwei von ihnen, Okeanos und Tethys, sind miteinander verheiratet. Sie haben zusammen Flussgötter, das sind die Söhne, sowie Meeres-, Quell-

und Süßwassernymphen, das sind die Töchter, gezeugt. Diese Töchter nennt man Okeaniden. Eine davon ist Pleione. Sie hatte mit Atlas – den kennt ihr wahrscheinlich, das ist der, der das Himmelsgewölbe trägt – eine Tochter namens Merope. Und Merope ist eine der sieben Plejaden.

Die Plejaden bestehen natürlich aus mehr als sieben Sternen. Nur die waren mit bloßem Auge sichtbar. Mittlerweile weiß man, dass die Plejaden aus mehr als 1200 Sternen bestehen."

„Ja, das stimmt", bestätigt Kamino. Aber es sind vor allem die sieben hellen Sterne, die von uns bewohnt werden. Es ist beeindruckend, was du über uns und die Mythen weißt. Und es ist spannend, was sich die Griechen über unsere Sterne erzählt haben.

„Okeanos wird auch als Herr des Ozeans und Vater aller Flüsse angesehen", füge ich hinzu.

„Da weißt du ja viel über die Geschichten der Griechen", sagt Menarina. „Die Menschen haben viel entdeckt und manche Mythen enthalten Wahres. Doch vieles ist ein Glück noch unentdeckt. Wäre es nicht so, könnten wir oder andere Sternenvölker vielleicht nicht so ruhig und abgeschirmt leben."

„Aber wie kommt es, dass ihr unsere Sprache sprecht?", frage ich. „Das wolltet ihr uns doch erklären."

Kamino antwortet zögerlich. „Wie ihr wisst, haben wir die Möglichkeit, zu eurem Stern zu reisen. Wir können uns dann auf der Erde für die Menschen unsichtbar machen und beobachten, wie ihr lebt und welche Sprache ihr sprecht. Nomarik, Menarina und ich waren jedoch noch nie auf der Erde. Wir wissen von euch aus den Erzählungen anderer Plejader und haben von ihnen eure Sprache gelernt. Uns fällt es nicht schwer, Informationen aufzunehmen oder eine neue Sprache zu lernen. Weltraumexpeditionen sind den Älteren, die sehr intensiv geschult werden und über ein großes Wissen und viel Weisheit verfügen, vorbehalten. Wir würden uns einer großen Gefahr aussetzen, wenn wir ohne Vorbereitung zu anderen, weit entfernten Sternen fliegen würden. Daher finden wir es ganz spannend, dass ihr hierhergekommen seid. Es ist etwas ganz Besonderes, dass Menschen von der Erde mit ihrem physischen Körper zu den Plejaden kommen. Daher glauben wir, dass ihr außergewöhnliche Fähigkeiten habt, von denen ihr vielleicht noch gar nichts wisst."

„Danke, dass ihr uns so viel Vertrauen schenkt", antwortet Karl und wirkt skeptisch. „Was denkt ihr, wie wir euch helfen können?"

„Ganz ehrlich, wir haben keine Ahnung", antwortet Nomarik, der sich die ganze Zeit zurückgehalten hat, leicht resigniert. „Wir vertrauen darauf, dass ihr im entscheidenden Moment wisst, was zu tun ist. Unser Plan ist, jeden Tag mit euch in die Höhle zu gehen und euch das gesamte System von Gängen zu zeigen. Am Morgen und am Abend werden wir zusammen mit euch meditieren. Der Meditationsraum befindet sich im Erdgeschoss. Wir werden uns jeden Morgen um 9:00 Uhr vor dem Frühstück dort treffen."

Apropos Frühstück. Mir fällt ein, dass Hakimi bestimmt Hunger hat. Außerdem sollte er unbedingt ins Freie, damit er fliegen kann. Da es schon anfängt zu dämmern, muss er nicht mehr lange warten. Als hätte Hakimi, der die ganze Zeit in der Nische saß, meine Gedanken gelesen, kommt er auf den Tisch geflogen.

„Na, mein lieber Hakimi, du warst so geduldig. Du bekommst noch etwas zu fressen und bald darfst du nach draußen." Ich streichele ihm sanft über das Gefieder, was er sehr gerne mag.

„Darf ich ihn auch streicheln?", fragt Nomarik etwas schüchtern. „Ja, das darfst du. Du musst allerdings ganz behutsam sein. Setz dich vor ihn, damit er dich genau ansehen kann, und halte deine Hand erst vor ihn. Wenn du den Eindruck hast, dass er Vertrauen zu dir gefasst hat, kannst du ihn streicheln. Aber keine Angst, wenn du ihn zu früh streichelst, wird er dich nicht gleich zerfleischen. Er pickt dann nur ganz leicht mit dem Schnabel." Mir geht durch den Kopf, dass ich gar nicht weiß, ob die Plejader aus Fleisch und Blut bestehen. Ich rücke auf der Bank zur Seite, damit Nomarik sich direkt vor ihn setzen kann. Er schaut ihm tief in die Augen, und ich bin etwas nervös, weil Hakimi das normalerweise nicht mag. Zumindest nicht bei Fremden. Doch Hakimi bleibt ganz ruhig. Dann bewegt Nomarik seine Hand langsam und vorsichtig in Hakimis Richtung. Er beäugt das mit Gelassenheit und lässt sich dann von ihm streicheln. Daran, wie er seinen Kopf nach unten senkt, erkenne ich, dass ihm das sehr gefällt. Diesen Liebesbeweis bringt Hakimi nicht jedem entgegen. Sie haben einen guten Draht zueinander.

„Wenn er dich besser kennt, wird er vielleicht auch auf deine Kommandos hören." Insgeheim bewundere ich, wie schnell Nomarik es geschafft hat, Hakimis Vertrauen zu gewinnen. Eigentlich nicht erstaunlich, bei Karl, Lena und mir war es auch so.

„Langsam wird es dunkel. Können wir mit Hakimi nach draußen gehen, damit er fliegen kann?", frage ich.

„Ja, lasst uns alle gemeinsam gehen, dann lernt ihr die Umgebung noch besser kennen. Wir werden in Richtung Höhle gehen. Bitte lass Hakimi aber erst fliegen, wenn wir weit von der Stadt entfernt sind, damit ihn keiner sehen kann", antwortet Nomarik.

„Ihr habt hier nicht viele Vögel oder andere Tiere, oder? Ich konnte zumindest keine entdecken", sage ich.

„Ja, da hast du recht. Wir haben weniger Tiere als ihr auf der Erde, manche sehen Tieren, die es auf der Erde gibt, recht ähnlich. Aber sie verhalten sich anders. Die meisten Tiere sind Pflanzenfresser", antwortet Menarina.

„Was könnte Hakimi denn fressen? Falken ernähren sich bei uns von kleinen Säugetieren, Vögeln, Reptilien, Amphibien und Insekten. Was könnte Hakimi hier denn finden?", frage ich.

„Bei uns gibt es viele Amphibien. Wir könnten zu dem See in der Höhle gehen. In der Nähe des Sees innerhalb der Höhle und außerhalb halten sich viele Lurche auf. Uns ist es verboten, sie zu töten. Aber wenn Hakimi sie als Fressen braucht, dann haben wir keine Wahl. Wir müssen zulassen, dass Hakimi sie frisst", antwortet Menarina.

„Ja, das sehe ich auch so", fügt Nomarik hinzu. „Wir können losgehen, sobald es dunkel ist."

„Wie lange ist bei euch ein Tag? Und wie wird es hell und dunkel? Ihr seid doch viel zu weit weg von der Sonne", will Karl wissen.

„Unser Tag ist etwa so lang wie bei euch auf der Erde. Das Licht kommt aus dem Stern selbst. Es wird morgens langsam heller und abends über mehrere Stunden wieder dunkel. Es gibt bei uns aber keine Jahreszeiten wie bei euch. Allerdings sind manchmal auch bei uns die Tage länger hell, so wie bei euch im Sommer", antwortet Nomarik.

Ich frage mich, wie das zu erklären ist, aber entschließe mich, nicht weiter nachzufragen. Wir werden wahrscheinlich länger brauchen, um die physikalischen Gesetze und Gegebenheiten hier auf den Plejaden zu verstehen.

Nomarik scheint meine Gedanken lesen zu können oder vielleicht habe ich skeptisch geschaut, denn er sagt: „Es gibt physikalische Gesetze, die im gesamten Universum Gültigkeit haben. Viele der bei euch geltenden physikalischen Gesetze treffen auf unseren Lebensraum nicht zu. Mit der Zeit werdet ihr vielleicht das eine oder andere besser verstehen können."

„Jetzt ist es dunkel, wir könnten starten", meldet sich Kamino zu Wort.

„Mir war es in der Höhle sehr kalt, ich werde noch einen Pullover holen."

„Gute Idee", sagen Karl und Lena wie aus einem Mund und gehen mit mir auf unser Zimmer. Dort angekommen nehmen wir drei uns spontan in die Arme. Es ist eine Geste, die aus unserer Erleichterung entsteht, dass bisher alles gut gegangen ist und wir am Leben sind, sowie der Unruhe, was uns hier erwartet und wann wir auf die Erde zurückkehren können. Wir werfen uns unsere Pullis über die Schulter, allerdings unter den blauen Umhang. Hakimi scheint zu spüren, dass wir das Haus verlassen werden, und setzt sich ohne Aufforderung auf meine Schulter.

Wir gehen ins Erdgeschoss und Nomarik öffnet die Tür und schaut sich um. Er gibt uns ein Zeichen, ihm zu folgen. Das Schlusslicht bilden wieder Kamino und Menarina. „Vielleicht besteht ein Grund dafür, dass wir uns bisher immer in dieser Reihenfolge fortbewegen", geht es mir durch den Kopf.

„Warum nehmen wir nicht den unterirdischen Gang?", frage ich an Kamino und Menarina gerichtet, die hinter mir im Haus stehen. „Es ist wichtig, dass ihr auch den Weg hier oben kennt, und mit den Umhängen fallt ihr nicht auf", antwortet Menarina. Da der Umhang weit geschnitten ist, hat Hakimi Platz, ganz eng an meinem

Hals zu sitzen, so dass ich die Kapuze über ihn legen kann. Er sträubt sich etwas, aber lässt es zu von ihr eingehüllt zu werden. Nach einigen Metern bittet uns Kamino, nebeneinander zu gehen. Größere Gruppen fallen hier nicht auf. Man sieht selten jemanden allein. Die Plejader mögen offensichtlich Gesellschaft. Nomarik, Kamino und Menarina unterhalten sich in ihrer Sprache. Wir drei verhalten uns ganz still. Nach einigen Metern ist die Anspannung einer heiteren Gelassenheit gewichen. Nomarik, Kamino und Menarina lachen. Es hört sich für mich zumindest so an. Als wir uns außerhalb der Stadt befinden, fangen die Amulette von den dreien wieder an zu leuchten, so dass wir den Weg gut sehen. Nach etwa zwei Kilometern sagt Nomarik: „Hier darf Hakimi fliegen. Kannst du ihm verständlich machen, dass er in Richtung Höhle fliegen soll und nicht zurück zur Stadt?"

Ich erkläre es Hakimi. Da wir miteinander in einer Falkenschule trainiert haben, weiß ich, dass er immer in die Richtung fliegt, die ich ihm vorgebe. Außerdem findet ein Falke normalerweise seine Nahrung in der Natur und nicht in einer Stadt, so dass ich sicher bin, dass er nicht zurückfliegen wird. Wir setzen unseren Weg fort. Nomarik, Kamino und Menarina sind still geworden. Wir drei konzentrieren uns auf den Weg und beschränken uns auf das Beobachten. Die Landschaft wirkt auf mich so karg wie am Tag zuvor. Auffallend ist diese Stille. Man hört keine Grillen zirpen. Es raschelt nichts am Boden. Beinahe wie ausgestorben. Wahrscheinlich liegt es daran, dass es hier nicht viele Tiere gibt. Mir wird bewusst, wie schön es ist, wenn man auf der Erde tagsüber Vögel, Bienen, Schmetterlinge und sonstige Insekten durch die Luft fliegen sieht und im Dunkeln die Grillen hört und ab und zu eine Fledermaus sieht. Dieses lebhafte Treiben hat etwas Belebendes. Diese Stille hier scheint mir dagegen unheimlich. „Ist es nur eine Frage der Gewohnheit?", geht es mir durch den Kopf.

Nachdem wir eine Zeit gegangen sind, werde ich unruhig, da Hakimi nicht zu sehen und schon länger weg ist.

Plötzlich taucht er am Himmel auf und fliegt beinahe im Sturzflug auf mich zu. Ich weiß, dass ich mich auf Hakimi verlassen kann und er rechtzeitig abbremsen wird, aber die Geschwindigkeit, mit der er auf mich zufliegt, bereitet mir Unbehagen. Scheinbar hat Hakimi Bedenken, dass er nicht, ohne mir wehzutun, auf meiner Schulter landen kann, und beendet seinen Flug auf einem Baum vor uns. Er ist aufgeregt. Seine Federn stehen aufrechter als sonst und er ist zappelig. Ich gehe zu ihm. Da die Bäume hier nicht besonders groß sind, sitzt er auf Höhe meines Kopfes, so dass ich ihm direkt in die Augen schauen kann.

„Hakimi, was ist los mit dir? Warum bist du so aufgeregt?" Er schaut mich an, als überlege er, wie er sich verständlich machen kann. Ich habe den Eindruck, dass er etwas Ungewöhnliches gesehen hat. Futter scheint er nicht gefunden zu haben, da er noch so dünn aussieht wie vorher.

„Habt ihr eine Idee, was einen Falken hier erschrecken könnte?", frage ich an Nomarik, Kamino und Menarina gewandt. „Wilde Tiere oder Tiere, die einem Falken gefährlich werden könnten, gibt es hier nicht. Lasst uns weitergehen. Vielleicht werden wir so erfahren, was Hakimi beunruhigt hat", antwortet Nomarik. Wir marschieren weiter, manchmal hintereinander und manchmal nebeneinander, aber eine fröhliche Stimmung mag nicht aufkommen, auch wenn wir jetzt aus der

Sichtweite der Stadt sind. Hakimis Aufregung hat uns alle beunruhigt.

Die Sterne stehen am Himmel, und es ist dunkler, als ich es als Stadtmensch gewohnt bin. In einer Stadt ist es auch nachts nie richtig dunkel. Der Sternenhimmel sieht anders aus als bei uns. Aber wie soll ich etwa 400 Lichtjahre von der Erde entfernt den Großen Wagen oder ein anderes Sternbild am Himmel erkennen? Mir fällt auf, dass manche Sterne heller leuchten als andere und Figuren bilden. Eine Formation sieht aus wie ein Smile. Sterne im Kreis, zwei helle Sterne, die aussehen wie Augen, und eine Ansammlung von weniger hellen Sternen, die die Nase und den Mund formen. Ich denke, dass es lächerlich ist, ein Smile am Himmel erkennen zu wollen, als Nomarik zu mir sagt: „Die Sterne dort", und er zeigt mit seinem Finger in die Richtung der Sterne, die ich gerade angeschaut habe, „sehen aus wie ein lachendes Gesicht, oder?"

Nomarik scheint meine Gedanken lesen zu können wie ein offenes Buch. „Ja", sagen nun auch Karl und Lena, als sie die Sternenformation entdeckt haben. „Wir sagen uns hier, dass sie uns daran erinnern soll, dass es immer etwas Freudvolles im Leben gibt, auch wenn wir traurig sind", erklärt Nomarik. „So ein Bild zaubert uns gleich ein Lächeln ins Gesicht", sagt Menarina.

Wir sind jetzt zuversichtlicher und gehen mit Gelassenheit weiter. Nach einer knappen Stunde kommen wir am Felsen an. Er hat im Dunkeln etwas Bedrohliches. Ich merke, wie Hakimi auf meiner Schulter unruhig wird und zum Flug ansetzt. Ich folge ihm mit den Augen und bemerke, dass er ein Tier erspäht hat. „Hier und am Höhleneingang gibt es Lurche. Hakimi sollte hier genug zu fressen finden können", erklärt Kamino.

Wir setzen uns vor die Höhle, um Hakimi Zeit zu geben zu jagen und zu fressen. Hier in dieser Umgebung erscheint es mir geradezu brutal, dass er Tiere jagt. „Lasst uns die Höhle noch erkunden", schlägt Kamino vor. „Einverstanden", sagen Nomarik und Menarina. „Wir gehen bis zum See", fügt Nomarik hinzu. An der Wand des Höhleneingangs ist ein Seil befestigt. Ein Glück sind Karl, Lena und ich sportlich, so dass es uns nicht schwerfällt, die etwa zwei Meter nach unten zu gelangen. Dann müssen wir über eine Schräge, versehen mit Felsvorsprüngen, zum Boden des Höhlenraums klettern. Auch wenn es hier jetzt nicht viel dunkler ist als gestern bei unserer Ankunft, scheint es mir heute noch unheimlicher. „Gestern", denke ich. Es kommt mir vor, als wären wir schon viel länger hier. Mein Zeitgefühl funktioniert hier irgendwie anders. Als wir am Boden angekommen sind, schauen sich Karl, Lena und ich um. Durch das Licht der Amulette, die Nomarik, Kamino und Menarina an einer Kette um den Hals tragen, ist der Höhlenraum gut ausgeleuchtet. Die Decke ist bestimmt zehn Meter hoch und der Durchmesser beträgt etwa fünfzehn Meter. Von der Höhle gehen mehrere Gänge ab. Der Gang zum See liegt gegenüber dem Höhleneingang. „Merkt euch alles gut", sagt Kamino, „es ist wichtig, dass ihr euch hier auch ohne uns zurechtfindet." Bei dem Gedanken, hier ohne die drei herumzulaufen, überkommt mich ein mulmiges Gefühl. Trotzdem versuche ich, mir alles einzuprägen. Die Höhle erinnert mich an Tropfsteinhöhlen, die ich in Südfrankreich und auf Mallorca gesehen habe. Allerdings gibt es hier keine Stalaktiten und Stalagmiten. Die Felswände haben eine gröbere Struktur und die Farbe des Felsen ist dunkelbraun-schwarz. Wir setzen unseren Weg fort und nehmen den Gang, der zum See führt. Nach etwa fünfzehn Minuten kommen wir in dem Höhlenraum mit dem See an. Er ist vielleicht siebzehn Meter lang und dreizehn Meter breit. Ich bin wie tags zuvor davon beeindruckt, wie glasklar das Wasser glitzert. Der Boden des Sees schimmert bläulich. Auch das Licht in diesem Höhlenraum ist viel heller als in der anderen Höhle. Es gibt fünf Gänge, die zu der Höhle führen. Den, den wir gerade gekommen sind, einen hinter dem Wasserfall, einen ganz rechts und am Ende der Höhle auf der rechten und linken Seite. Links reicht der See bis zu den Felswänden.

„Von diesem Gang", sagt Nomarik und zeigt auf den linken Gang gegenüber, „seid ihr gestern gekommen." Auch Karl und Lena schauen sich alles genau an, und ich weiß, dass auch sie sich die Gänge und Wege genau einprägen.

„Es ist nichts Auffälliges zu sehen", bemerkt Menarina. Hakimi sitzt gelassen auf meiner Schulter. „Lasst uns einen Schluck aus dem See nehmen", sagt Nomarik. „Das Wasser stärkt unsere Kraft, Wünsche Wirklichkeit werden zu lassen."

„Das gefällt mir", denke ich und schöpfe mit meiner Hand das Wasser und nehme einen großen Schluck. „Was ist mein größter Wunsch?", geht es mir durch den Kopf. Und mir fällt mit leichtem Erstaunen auf, dass es nicht der ist, sofort zur Erde zurückzukehren.

Wir gehen den etwa anderthalb Kilometer langen Weg zu dem anderen Höhlenraum zurück. Dort klettern wir wieder die Schräge hinauf und können uns an dem Seil durch das Loch an der Decke ziehen. Wir treten den Rückweg an. Hakimi nutzt die Gelegenheit, sich auszutoben. Er bleibt in Sichtweite. Hunger scheint er keinen mehr zu haben. Als wir an dem Geheimgang zur Stadt ankommen, sagt Kamino: „Wir sollten lieber den

Geheimgang nutzen, da es schon recht spät ist und zu dieser Zeit nicht viele Leute unterwegs sind."

„Ja, gute Idee", antwortet Nomarik und rückt die schwere Steinplatte zur Seite, als würde sie nur wenige Kilo wiegen. Wir klettern alle hinein und er schiebt die Platte an einem Griff an der Unterseite wieder über das Loch. Nach einiger Zeit gelangen wir über eine Treppe ins Haus. Dort ist der Eingang mit einer Holzklappe verschlossen, die von einem Teppich bedeckt ist. „Nicht sehr gut versteckt", denke ich, „aber vielleicht besteht keine große Gefahr, dass Fremde das Haus von Nomarik, Kamino und Menarina inspizieren."

„Ihr habt bestimmt Hunger", vermutet Kamino richtig. „Ihr könnt euch jetzt ausruhen. Wasser zum Waschen und Trinken habt ihr, wie ihr wisst, in eurem Zimmer. Später treffen wir uns in der Küche zum Essen."

Als wir die Tür vom Schlafzimmer hinter uns geschlossen haben, meint Karl: „Ich fand es unheimlich und spannend. Wie ging es euch?"

„Ich mag die drei sehr gern", antwortet Lena, ohne zu zögern, „und fühle mich in ihrer Gegenwart sehr wohl. Und ich mag dieses Haus."

„Mir geht es genauso", antwortete ich. „Ich bin sehr neugierig, was es hier auf den Plejaden noch zu entdecken gibt und ob wir auch noch andere Plejader kennenlernen. Ich frage mich, ob die drei sich auch mit anderen treffen, um, so wie wir es auf der Erde machen, gemütlich abzuhängen."

„Ja, es gibt noch so viele Fragen und so viel zu entdecken. Vielleicht erfahren wir heute Abend mehr", antwortet Karl. Dann wird es still und wir waschen uns und stauben unsere Umhänge ab. Vor den Fenstern hängen Vorhänge und ich ziehe sie vorsichtig zur Seite. Auf der Straße sieht man niemanden, und es ist, wie meist hier, sehr still. Wir gehen dann hinauf in die Küche. Die drei sind damit beschäftigt, Schalen mit Pasten, Früchten und Samen auf den Tisch zu stellen. Erstaunlich, wie schnell sie alles vorbereitet haben. Als Teller dienen uns wieder Blätter. Als Getränk gibt es Wasser. Die drei trinken ein wenig. Essen nehmen sie nicht zu sich. Dafür langen wir ordentlich zu. Auch wenn wir nicht wissen, was wir essen, so schmeckt es doch ausgezeichnet und ist sättigend. Da wir mit Essen beschäftigt sind, sprechen wir wenig. Nomarik, Kamino und Menarina unterhalten sich untereinander. Hoffentlich werden sie uns ihre Sprache beibringen, damit wir auch in ihrer Sprache mit ihnen kommunizieren können und sie verstehen. Was für ein blöder Gedanke, kommt es mir dann in den Sinn, eine Sprache lernt man nicht in wenigen Tagen oder Wochen und wir wollen ja nicht Monate hier verbringen. Ich fühle mich heimisch hier, was mir komisch vorkommt, weil hier vieles anders ist und wir erst zwei Tage hier sind.

„Heute Abend möchten wir mit euch meditieren", sagt Nomarik. „Habt ihr das schon einmal gemacht?"

„Nein", antwortet Karl. „Ich auch nicht", sagt Lena. „Ich habe einige Male im Sportverein Yoga gemacht, und da haben wir manchmal einige Minuten ganz still gesessen und sollten versuchen, unsere Gedanken vorbeiziehen zu lassen, bis es vielleicht einmal einen Moment gibt, in dem gar kein Gedanke da ist."

„Ja, genau das ist die Übung. Und wenn man zu dem Punkt gelangt, an dem die Gedanken einmal ganz weg sind oder wenigstens nicht in rasanter Geschwindigkeit im Kopf auftauchen und verschwinden, dann hat man die Möglichkeit, auf Informationen zuzugreifen. Wo diese Informationen herkommen, ist eine andere Geschichte, über die wir ein anderes Mal sprechen können. Ich weiß, dass ihr auf der Erde euch auf den Atem konzentriert. Wir machen das etwas anders, da wir nicht so atmen wie ihr. Versucht es mit dem Atem. Wir werden etwa eine Stunde ganz still sitzen und am Ende tauschen wir uns darüber aus, was wir wahrgenommen haben. Da ihr sportlich seid, wird es euch nicht schwerfallen, eine Stunde lang zu sitzen. Falls es euch jedoch unbequem ist, dann könnt ihr es uns sagen. Versucht, es uns durch Gedanken zu sagen. Wenn eure Gedanken nicht fokussiert genug sind, damit wir sie empfangen können, dann könnt ihr sprechen. So testen wir gleich, ob ihr mit uns über Gedankenkraft kommunizieren könnt."

Ich bin sowieso schon davon überzeugt, dass Nomarik meine Gedanken lesen kann. Aber das behalte ich in dem Moment für mich.

Wir räumen den Tisch ab und gehen dann in den Meditationsraum. Mir stockt der Atem, als ich ihn betrete. Bilder hängen an den Wänden und zahlreiche runde silber- und goldfarbene Schmuckstücke mit geometrischen Mustern. Sie haben eine besondere Ausstrahlung. Es gibt kaum Möbel, nur etwa fünfzig Zentimeter hohe Schränke, die an zwei Seiten stehen. In dem Raum herrscht eine außergewöhnliche Atmosphäre. „Ruhig, ernst, freudig", kommt es mir in den Sinn. Auch Karl und Lena sind von der Stimmung in den Bann gezogen.

Wir setzen uns auf Kissen, die kreisförmig auf dem Boden liegen. Nomarik murmelt einige Worte in seiner Sprache, die ich als sehr kraftvoll empfinde, auch wenn ich sie nicht verstehe. Dann bittet er uns, uns auf unseren Atem zu konzentrieren, dabei aber ganz normal zu atmen. Ich folge seinen Anweisungen und merke, wie ich müde werde. Vom Yoga weiß ich, dass man beim Meditieren möglichst nicht einschlafen soll. Ich achte darauf, wach zu bleiben, und komme in eine Art Halbschlaf. Mir gehen unsere Erlebnisse durch den Kopf, doch mit der Zeit bemerke ich, dass ich ruhiger werde. Ich spüre, wie sich eine besondere Stille in dem Raum ausbreitet.

Irgendwann dringen scheinbar wie aus dem Nichts Worte an mein Ohr. Ich erkenne die Stimme von Nomarik. Wieso spricht er? Wir sollten doch eine Stunde ruhig dasitzen. Langsam öffne ich die Augen. Auch Karl und Lena scheinen von weit her zurückzukommen. Nomarik, Kamino und Menarina lächeln uns freundlich und zufrieden an. Ich meine, Stolz in ihren Augen zu sehen.

„Warum meditieren wir nur so kurz?", frage ich. „Eine Stunde ist schon vorbei", antwortet Kamino. Ich schaue ihn voller Erstaunen an und bemerke, dass auch Karl und Lena überrascht sind. „Es ist nicht ungewöhnlich, dass man das Zeitgefühl in einer Meditation verliert. Das zeigt, dass ihr es geschafft habt, eure Gedanken zur Ruhe kommen zu lassen."

„Wir sind gespannt zu hören, was ihr erlebt habt", sagt Nomarik. „Magst du anfangen?", fragt er und schaut mir dabei freundlich und interessiert in die Augen.

„Ja, gerne. Ich war irgendwie weg und habe nicht gemerkt, wie die Zeit vergangen ist. Ich habe Wasser gesehen, vielleicht das Meer, und Nymphen und Meerjungfrauen. Sie saßen auf einem Felsen und haben mich angeschaut. Sie wirkten freundlich. Dann verschwand das Bild wieder. Ich habe einen leichten Druck im Brustbereich gefühlt, der dann wieder verschwand. Jetzt fühle ich mich gut."

„Hast du eine Idee, was die Bilder bedeuten könnten?", fragt Kamino. „Ich schwimme sehr gerne und ich schaue mir gerne Filme mit Mädchen an, die sich in

Meerjungfrauen verwandeln können. Vielleicht kommt es daher. Und wie war es bei dir?", frage ich Karl, der nervös auf seinem Stuhl hin und her rutscht.

„Ich habe mehrere starke und muskulöse Männer gesehen, die dunkel gekleidet waren. Sie blickten düster drein. Sie trugen Schwerter und waren angsterregend. Ich war froh, als das Bild verschwand." Nomarik schaut ihn ernst und nachdenklich an und fragt dann Lena, wie es ihr ergangen ist.

„Ich habe Raumschiffe gesehen, die am Himmel flogen. Sie waren grau und nicht besonders groß. Und wie war es bei euch?"

Nomarik schaut Kamino und Menarina an und beginnt zu erzählen: „Ich habe gespürt, wie Wesen von einem anderen Stern zu uns kommen und etwas suchen, was in der Höhle versteckt ist. Ich spüre, dass es nicht mehr lange dauern wird, bis sie kommen." Kamino und Menarina nicken zustimmend.

„Ich habe auch gespürt, dass die fremden Wesen bald kommen. Ich konnte vier Wesen sehen", sagt Kamino.

„Ich habe auch vier fremde Wesen gesehen. Und den See in der Höhle", erzählt Menarina.

„Morgen werden wir in der Meditation üben, über Gedanken zu kommunizieren", sagt Nomarik, „das ist wichtig, um die fremden Wesen überwältigen zu können. Jetzt werden wir schlafen gehen." Als wäre das das passende Stichwort gewesen, fliegt Hakimi, der die ganze Zeit in einer Ecke saß, auf meine Schulter.

Wir gehen alle hinauf und die drei verschwinden jeweils in ein Zimmer. Ich frage mich, ob sie schlafen werden. Wenn sie nicht essen müssen, brauchen sie vielleicht auch keinen Schlaf. Ich hätte mich gerne länger mit ihnen unterhalten, aber scheinbar sind sie zu beunruhigt, um Lust auf einen netten Plauderabend zu haben.

Als wir in unserem Schlafzimmer sind, meint Karl: „Was denkt ihr über die vier fremden Wesen, die bald kommen werden? Ich habe keine Idee, was wir für die drei machen können. Wir wissen schon wenig über sie, aber noch weniger über Wesen von anderen Sternen."

„Da hast du recht, aber immerhin waren die Bilder, die wir gesehen haben, doch recht aufschlussreich. Ich verstehe nicht, warum der Rat der Weisen nichts unternimmt. Die drei sind doch sehr beunruhigt", antworte ich.

Ich gehe zum Fenster und schaue auf die Straße, wo nur wenige Leute zu sehen sind. „Ist euch schon aufgefallen, dass man kaum Frauen oder Mädchen sieht?", frage ich die anderen.

„Ja, darüber habe ich mir auch schon Gedanken gemacht", sagt Lena. „Wir sollten sie morgen darauf ansprechen."

„Das ist eine der vielen Fragen, die ich gern stellen möchte", sage ich, „aber die Zeit vergeht so schnell, dass sich gar keine Möglichkeit ergibt. Die drei sind so mit den Eindringlingen beschäftigt, dass sie auf solche Gespräche gar keinen Nerv haben. Es war ein langer Tag, lasst uns schlafen."

Auch wenn wir alle unseren Gedanken nachhängen und beunruhigt sind, fallen wir schnell in einen tiefen Schlaf.

Tag 3 – Zu zweit unter dem plejadischen Himmel

Ich höre es an der Tür klopfen und dann Menarinas Stimme: „Seid ihr wach? Wir treffen uns in fünfzehn Minuten in der Küche."

„Ja, okay", antworte ich. Lena und Karl schlagen die Augen auf. „Ich habe gut geschlafen", sagt Lena. „Ich habe von Wesen geträumt, die wie Engel aussahen. Ich fühle mich ganz erfrischt und zuversichtlich."

Karl bringt außer einem gemurmelten „Guten Morgen" nichts heraus. Wir machen uns frisch und gehen gemeinsam in die Küche, wo die anderen schon am Tisch sitzen. Sie sind heute munterer als gestern. Sie begrüßen uns und bitten uns, Platz zu nehmen.

„Wir werden später frühstücken, nach unserer Meditation. Es ist einfacher, mit leerem Magen zu meditieren", sagt Nomarik.

„Woher weißt du das?", frage ich ihn keck, „ihr esst doch eh nichts."

Nomarik nimmt meine Stichelei mit Humor und antwortet: „Auf den Mund bist du nicht gefallen. Ich erkläre es dir aber gern. Wir haben von anderen Plejadern, die die Erde besucht haben, viel über euch gelernt. Außerdem gibt es Plejader, die, wie wir euch schon erzählt haben, auf der Erde in Verbindung mit Menschen stehen. Zu diesen Plejadern haben wir telepathischen Kontakt. Es gibt noch weitere Informationsquellen, aber davon erzähle ich dir ein anderes Mal. Daher wissen wir, dass euch zu viel Nahrung körperlich und geistig träge macht."

„Wie funktioniert denn dieser telepathische Kontakt?", frage ich und erkenne an Nomariks Gesicht, dass er es nicht erklären mag. Dennoch antwortet er: „Wir werden mit euch gleich Übungen machen, wie wir Gedanken oder Gegenstände erfassen können. So wie wir innerhalb eines Zimmers solche Dinge wahrnehmen, geht das auch über größere Entfernungen hinweg. Bedenke, dass ihr hier gelandet seid, obwohl das nach euren physikalischen Gesetzen nicht möglich ist."

Ich denke, dass es ein Anfang wäre, wenn ich die Gedanken anderer lesen könnte. Mit Lena und Karl funktioniert das. Aber wir schauen uns dabei an, und wir kennen uns so gut, dass wir einfach oft wissen, was der andere denkt. Wie das mit geschlossenen Augen oder über weite Entfernungen funktionieren soll, ist mir schleierhaft.

Menarina sieht die Skepsis auf meinem Gesicht und schaut mich freundlich und aufmunternd an. „Gerne könnt ihr etwas trinken", sagt sie einladend. Das Angebot nehmen Karl, Lena und ich an. Hakimi schlürft Wasser aus seinem Schälchen. Dann gehen wir nach unten und setzen uns in einen Kreis auf die Kissen. Hakimi fliegt wieder in eine Ecke auf einen Holzschrank und schaut uns interessiert an.

„Wir sitzen jetzt eine Weile ganz ruhig, und ihr versucht, wie gestern Abend eure Gedanken zur Ruhe zu bringen. Nach einer gewissen Zeit werde ich euch bitten, mit eurem Bewusstsein wieder in den Raum zurückzukehren", sagt Kamino.

Mir fällt ein, dass man bei uns zu Meditationen oft Musik hört und dass ich hier noch keine gehört habe. Ob die Plejader Instrumente haben? Das muss ich später fragen.

Es wird still – noch stiller, als es hier sowieso schon immer ist. Wir schließen alle die Augen. Mir kreisen viele Gedanken und Fragen durch den Kopf. Wie am Vorabend versuche ich, mich auf meinen Atem zu konzentrieren, und irgendwann werde ich innerlich ruhiger. Nach einer Zeit höre ich Kaminos Aufforderung, mit unserem Bewusstsein in den Raum zurückzukehren. Zu meinem Erstaunen war ich wieder in anderen Sphären.

Nomarik ergreift das Wort: „Ich werde jetzt für etwa fünf Minuten an einen Gegenstand denken. Äußert innerlich den Wunsch, zu erkennen, an was ich denke. Merkt euch alles, was euch in den Sinn kommt. Und bitte erwartet nicht, dass ihr den Gegenstand direkt erfassen könnt." Wir schließen die Augen und folgen unserem Atem. Dann äußern wir den Wunsch. Nach einiger Zeit bittet uns Nomarik, wieder zurückzukommen und die Augen zu öffnen. Menarina schaut uns lächelnd an.

„Und, wie war das für euch?", fragt sie. Karl, Lena und ich schauen uns an. Das ist für uns das erste Mal, dass wir eine solche Übung gemacht haben. An ihren Gesichtern erkenne ich, dass sie zufrieden sind. Ich bin gespannt, was sie berichten werden.

Lena erzählt aufgeregt: „Mir kam das Wort Metall in den Kopf. Dann noch kalt und hart." Nomarik lächelt. „Prima, und wie war es bei dir, Karl?"

„Ich habe ein Blatt mit Noten gesehen."

„Und bei dir?", fragt mich Karl. „Ich habe etwas Luftiges wahrgenommen, das sich in der Luft über mehrere Meter ausdehnt. Aber Metall fliegt doch nicht durch die Luft und dehnt sich nicht so aus."

„Habt ihr eine Idee, wenn ihr alle Eindrücke zusammentut?", fragt Kamino. „Metall, hart, kalt,

Notenblatt, dehnt sich in der Luft aus, fällt euch dazu etwas ein?", will Nomarik wissen.

Da sprudelt es aus Lena heraus: „Ein Blechblasinstrument."

„Wow", sage ich, da ich begeistert bin, wie sie das kombiniert hat. Da höre ich Nomarik sagen: „Nicht ganz. Überlegt, ob ihr noch mehr wahrgenommen habt."

Karl sagt: „Auf dem Notenblatt war immer die gleiche Note zu sehen." Lena ergänzt aufgeregt: „Mir kam noch rund in den Sinn und etwas, das nicht so groß ist. Vielleicht so zwanzig, dreißig Zentimeter."

Dann fällt uns nichts mehr ein, und keiner hat eine zündende Idee, was es sein könnte.

„Soll ich es euch sagen?", fragt Nomarik. Wir schauen ihn gespannt an und nicken. „Ich habe mir vorgestellt, wie ich eine Klangschale in den Händen halte."

„Da hätten wir auch gleich drauf kommen können", denke ich. „Naja, hinterher ist man immer schlauer", geht es mir durch den Kopf.

„Wie fandet ihr die Übung?", fragt Menarina. „Super", antwortet Lena, „ich hätte nie gedacht, dass das funktionieren kann."

„Ich bin noch etwas skeptisch", gibt Karl zu, „das könnte auch Zufall sein."

„Gut, dass du so kritisch bist, Karl. Er ist immer wichtig, nicht zu leichtgläubig zu sein und seinen Verstand einzusetzen." Nomarik richtet seinen Blick auf mich und schaut mich schmunzelnd an. „Und wie war es für dich?"

„Mir hat die Übung gefallen, und ich fand es spannend, dass wir dadurch, dass wir unsere Eindrücke miteinander geteilt haben, einen ganz guten Gesamteindruck bekommen haben, auch wenn wir den Gegenstand nicht genau bestimmen konnten."

„Mit der Zeit werdet ihr immer besser werden. Ihr werdet sehen. Wir schließen unsere Übung mit einem Dankesritual ab und dann gehen wir nach oben", sagt Nomarik.

In der Küche bereiten die drei aus Früchten, Samen und Nüssen Pasten vor. Außerdem stellen sie einen Krug Wasser auf den Tisch. „Wo bekommt ihr das Wasser her und was sind das für Früchte und Samen?", frage ich neugierig. Ich möchte die Gelegenheit nutzen und mehr über die Plejaden erfahren.

„Lasst uns alles vorbereiten und dann können wir von uns erzählen", schlägt Nomarik vor. Als wir endlich am Tisch sitzen, erklärt Nomarik: „Wir haben viele Brunnen in der Stadt, an denen die meisten Einwohner Wasser holen. Außerdem verfügen manche Häuser über eigene Brunnen. Wir haben auch einen. Er befindet sich neben dem Raum mit der Treppe zum Geheimgang."

„Wie kommt es, dass ihr euren eigenen Brunnen habt? Wovon ist das abhängig?", fragt Lena. „Wesen, mit besonderen Fähigkeiten oder die sich besonders verdient gemacht haben, haben gewisse Erleichterungen oder Vorzüge", antwortet Menarina.

„Habt ihr denn etwas Besonderes gemacht?", fragt Karl. „Ihr seid doch noch so jung."

„Meine Großmutter ist Mitglied des Rates der Weisen", antwortet Nomarik. „Deine Großmutter?", frage ich vollkommen verblüfft. Jetzt fällt mir auf, dass ich bei dem Rat der Weisen immer an alte Männer gedacht habe. Mir geht auf, wie sehr ich doch von männlich dominanten Strukturen geprägt bin, obwohl ich mich emanzipiert glaubte. Warum sollte ein solcher Rat nicht aus Frauen bestehen? Nomarik schaut mir schmunzelnd in die Augen und erklärt: „Der Rat der Weisen besteht aus zwölf Plejadern, acht davon sind Frauen und vier Männer."

Jetzt ist endlich die Gelegenheit zu fragen, warum man auf den Straßen wenige Frauen sieht. Anfangs dachte ich, dass hier die Rollenverteilung ähnlich traditionell ist wie auf der Erde. Aber das, so ging mir auf, würde nicht passen, weil Haushaltsführung und Kindererziehung, meist den Frauen zugeordnete Aufgabengebiete, hier nicht den gleichen Stellenwert haben. Die Plejader essen kaum und die Kinder ziehen mit vierzehn Jahren schon aus. Außerdem weiß ich nicht, ob die Frauen hier neun Monate schwanger sind. Fragen über Fragen. Nachdem ich jetzt gehört habe, dass die Frauen im Rat der Weisen die Mehrheit haben, nehme ich an, dass sie hier nicht zum Putzen in den Häusern verschwinden.

„Warum sieht man hier so wenige Frauen auf der Straße?", fragt Lena, als hätte sie meine Gedanken gelesen. Nomarik schaut Kamino und Menarina fragend an. Sie nicken kaum merklich. Schon öfter hatte ich den Eindruck, dass die drei genau überlegen, wie viel sie von sich und den Lebensgewohnheiten auf den Plejaden offenbaren.

„Die Frauen haben bei uns eine ganz besondere Rolle. Sie sind es, die viel meditieren, beratschlagen und Vorschläge machen oder Anweisungen geben. Einige sind auch im Weltraum unterwegs. Auch die Herstellung von Schmuck ist im Allgemeinen eine Aufgabe der Frauen. Viele Männer sind auf Entdeckungstouren auf nahe gelegenen und weit entfernten Sternen und geben ihr Wissen an die Frauen weiter. Diese besprechen und analysieren diese Informationen und meditieren. Dann findet ein Austausch zwischen den Männern und Frauen statt. Die Ergebnisse dieses Austausches werden dem Rat der Weisen vorgetragen und der entscheidet, was unternommen werden soll. Diejenigen Frauen und

Männer, die in ihrer Entwicklung fortgeschritten sind, können eigenständig wichtige Entscheidungen treffen", erklärt Nomarik.

„Wow, das hört sich gut an. Ich würde auch gern in einer Gesellschaft leben, in der Frauen mehr oder mindestens genauso viel zu bestimmen haben wie Männer. Ich glaube, dass unsere Gesellschaft dann anders aussähe."

„Möglich", wirft Karl ein, „aber sicher wissen kann man es nicht. Es wäre einen Versuch wert."

„Sicherlich denken und empfinden Frauen bei euch auf der Erde zuweilen anders als Männer. Wenn aber jeder Mensch stets das Wohl aller im Blick hätte, dann sähe es bei euch friedlicher aus, egal, ob Männer oder Frauen wichtige Entscheidungen treffen", gibt Nomarik zu bedenken.

„Da hast du recht", antwortet Karl.

„Und wie ist das jetzt mit dem Brunnen?", fragt Lena. „Weil Deine Großmutter Mitglied des Rates der Weisen ist, habt ihr ein Haus mit Brunnen bekommen?"

„Meine Großmutter hat früher in diesem Haus gewohnt. Sie ist umgezogen in ein Haus, das oben auf dem Berg liegt, näher an dem Versammlungsort des Rates der Weisen. Dann konnte ich das Haus nutzen. Ich habe Kamino und Menarina, die ich schon viele Jahre kenne und die meine besten Freunde sind, gefragt, ob sie zu mir ziehen möchten."

„Da haben wir gleich ja gesagt", sagt Menarina freudestrahlend. „Wir wohnen jetzt hier seit etwa acht Monaten zusammen."

„Und deine Eltern?", frage ich und kann ein leichtes Zucken auf seinem Gesicht erkennen. Dann antwortet er mit einem ganz souveränen Gesichtsausdruck: „Meine Eltern sind viel im Weltraum unterwegs. Ich sehe sie nicht sehr oft. Manchmal, wenn sie kommen, wohnen sie bei meiner Großmutter, da sie ihr dann gleich alles erzählen können, was sie erlebt und entdeckt haben."

„Also gehört deine Mutter zu den Frauen, die im Weltraum reisen", sage ich.

„Ja, sie ist regelmäßig auf Weltraummission", antwortet Nomarik. „Meistens sind Frauen dabei, die sich besonders gut telepathisch mit Wesen anderer Sterne verbinden können. Das ist bei der ersten Kontaktaufnahme sehr wichtig. Meine Mutter fühlt sich stark zur Erde hingezogen. Das ist ein bisschen so, wie wenn ihr euch für ein Urlaubsziel entscheidet. Vielleicht zieht es euch mehr in das eine als in das andere Land, ohne dass ihr genau zu sagen vermögt, warum das so ist. Meine Mutter hat viel von der Erde erzählt."

Ursprünglich wollte ich mehr über das Essen und die Lebensgewohnheiten erfahren, aber jetzt merke ich, wie sehr mich diese Weltraummissionen interessieren. Immer diese vielen Fragen, man weiß gar nicht, wo man anfangen soll.

„Warum macht ihr diese Weltraumreisen und wie oft?", frage ich. „Das ist doch bestimmt gefährlich."

„Etwa die Hälfte der Plejader ist regelmäßig im Weltraum unterwegs. Wir möchten mehr darüber erfahren, wie andere Wesen leben. Neugier und Entdeckungsdrang sind Eigenschaften, die das gesamte Universum durchziehen. Denkt daran, wie bei euch Menschen loszogen, um andere Länder oder neue Seewege zu entdecken, ohne zu wissen, was sie erwartet. Wie zum Beispiel Christoph Kolumbus, der Indien über den Atlantik erreichen wollte und dann in Amerika landete. Sicherlich wisst ihr, dass aber nicht Kolumbus der erste Europäer war, der den amerikanischen Boden betrat, sondern Leif Eriksson, und das etwa 500 Jahre früher. Und wie diese Pioniere entdecken wir das Universum. Wir haben jedoch ganz andere Möglichkeiten als die Menschen vor Hunderten von Jahren."

„Ich habe in meiner Meditation Raumschiffe gesehen, die wohl von den Wesen verwendet werden, die zu den Plejaden kommen werden. Habt ihr auch Raumschiffe?", fragt Lena. „Ja, wir haben auch Raumschiffe. Wir haben die Möglichkeit, mit Raumschiffen zu reisen oder uns auf einer feinstofflicheren Ebene zu bewegen", antwortet Kamino.

„Lasst uns jetzt die Gegend und die Höhle erkunden", schlägt Nomarik vor, dem es merklich unangenehm wird, dass wir so viele Fragen über die Erforschung des Universums stellen. Ich schaue nach Hakimi, der in seiner Nische Wasser geschlürft und von der Paste gefressen hat. Er schaut mich unternehmungslustig an. Diese vegetarische Kost bekommt ihm offensichtlich gut.

„Bevor wir zur Höhle gehen, lasst uns noch eine Runde durch die Stadt drehen, damit Karl, Lena und Manuk sich dort besser zurechtfinden", schlägt Menarina vor. „Wir könnten ihnen auch das Haus deiner Großmutter zeigen."

„Gute Idee, aber lass Hakimi besser hier. Er kann mitkommen, wenn wir zur Höhle gehen", antwortet Nomarik.

Hakimi bleibt in seiner Nische sitzen. Er hat verstanden, dass es für ihn nicht losgeht. Nachdem wir den Tisch abgeräumt haben, ziehen Karl, Lena und ich die Kapuzen über den Kopf, damit wir nicht auffallen. Wir verlassen das Haus und gehen den Berg hinauf zu dem reich verzierten Gebäude, in dem sich der Rat der Weisen trifft. Rechts unterhalb des großen Platzes steht ein dreistöckiges Haus, das durch dezente Malereien in Brauntönen auffällt. Über dem Eingang ist in einem silberfarbenen Ton ein Muster aufgemalt, das den Amuletten der drei ähnelt. Da muss ich die anderen später nach fragen, da es offensichtlich eine Bedeutung hat. Es befindet sich nicht an allen Häusern. Malereien gibt es nur auf wenigen Hausfassaden. Wir gehen von dem Haus der Großmutter weiter den Berg hinunter. Dann biegen wir rechts ab und kehren zurück. Die Straßen sind kreisförmig um den höchsten Punkt angelegt. Bürgersteige gibt es nicht. Warum auch? Keine Autos, keine Fahrräder. Die Leute sind immer zu Fuß unterwegs. Nach etwa fünfzehn Minuten treffen wir auf die Straße, von der wir gestartet sind. Als wir ankommen, gehe ich mit Nomarik kurz ins Haus, um Hakimi zu holen, setze ihn auf meine Schulter und bedecke ihn mit der Kapuze. Er fühlt sich in der kleinen Höhle wohl. Bis zum Stadtrand sind es etwa 500 Meter. Heute sind mehr Leute unterwegs. An manchen Ecken spielen Kinder. Sie malen mit Stöcken Muster auf den sandigen Boden. Vor einigen Häusern sitzen Erwachsene auf Bänken und unterhalten sich. So viel war an den anderen Tagen nicht los. Mir ist mulmig zumute, aber Nomarik, Kamino und Menarina scheinen keine Angst zu haben, dass wir erkannt werden. Wer soll auch schon vermuten, dass Menschen von der Erde hier auf den Plejaden gelandet sind. Das kommt ja nicht alle Tage vor. Als wir den Stadtrand erreichen, weicht meine Anspannung. Nach etwa zwei Kilometern gelangen wir zu dem getarnten Eingang zum Geheimgang.

Kamino schaut uns interessiert an. „Habt ihr den Eingang entdeckt?", fragt er. Karl, Lena und ich antworten gleichzeitig mit einem lauten „Ja". Wir sind stolz, dass wir mittlerweile eine gute Orientierung haben. Nun sind es noch etwa viereinhalb Kilometer zum Eingang der Höhle, der gleich am Anfang des mehrere

Hundert Meter hohen und mehrere Kilometer breiten Felsens liegt, der an den meisten Stellen schräg abfällt. Verschiedene Felsbrocken überlagern sich, so dass man den Eingang nicht leicht erkennen kann. Wir klettern durch das Loch und steigen innen die Schräge hinab zur ersten Höhle. Die Amulette der drei erhellen den Raum. Hakimi, der die ganze Zeit auf meiner Schulter sitzengeblieben ist, dreht seine Runden. Endlich kann er sich austoben. Ich freue mich für ihn und bin stolz, wie er alles geduldig mitmacht.

Wir ruhen uns kurz aus. Die Luft hier drinnen ist kühler und die Luftfeuchtigkeit höher.

„Prägt euch die Gänge gut ein", sagt Nomarik. „Der Gang gegenüber führt direkt zum See. Der rechte Gang hat eine Abzweigung, die zum See führt. Der linke Gang führt nach draußen. Er schlängelt sich über eine längere Strecke, bis er zum Ausgang führt. Der schnellste Weg nach draußen von dieser Höhle ist der Weg, den wir gerade gekommen sind." Wir prägen uns die Wege gut ein, was keine große Herausforderung ist. Aber wir müssen uns noch weitere Gänge merken. „Wir sollten uns heute Abend eine Zeichnung von der Höhle machen", schlage ich vor.

„Das könnte hilfreich für euch sein, aber wenn wir wirklich in eine gefährliche Lage kommen, werdet ihr keine Zeit haben, eine Karte zu studieren. Ihr solltet alle Wege im Kopf haben. Daher gehen wir jeden Tag hierher. Aber viel Zeit haben wir nicht mehr, dann die Wesen werden schon bald kommen", gibt Menarina zu bedenken.

Wir nehmen den rechten Gang, der schmal ist, jedoch so hoch, dass wir aufrecht gehen können. Nach kurzer Zeit gelangen wir zu der Abzweigung, von der Nomarik gesprochen hat, und folgen dem kurvenreichen Weg, bis wir nach etwa fünfzehn Minuten das Rauschen des Wasserfalls hören.

„Ah, das ist der Gang, der hinter dem Wasserfall versteckt ist und den wir am ersten Tag erkunden wollten", sage ich. Hier habt ihr uns entdeckt. Mir geht ein Schauer durch den Körper, als ich an diese Begegnung denke. Wie viel Angst wir hatten! Und jetzt sind uns Nomarik, Kamino und Menarina so vertraut, dass ich es mir kaum noch vorstellen kann, dass wir sie furchterregend fanden.

„Ja, genau, hier war es", sagt Nomarik nachdenklich.

„Woran denkst du?", frage ich ihn ganz offenherzig, auch wenn ich weiß, dass er es nicht mag, ausgefragt zu werden.

Er schaut mir ernst in die Augen und sagt: „Ich frage mich, was eure Aufgabe sein wird. Was könnt ihr oder was könnt ihr besser als wir?"

Auf diese Frage habe ich leider keine Antwort und schaue ihn schulterzuckend an.

Wir gehen rechts hinter dem Wasserfall lang und bekommen Wasserspritzer ab.

Nach einigen Metern ist auf der rechten Seite ein Gang. „Dieser Weg führt in das Innere der Höhle. Er hat viele Verzweigungen, die wir noch nicht alle erkundet haben", erklärt Kamino. Die, die wir schon kennen, verlaufen im rechten Teil der Höhle. Sollte es einen Ausgang geben, dann führt der sicherlich zur rechten Seite des Felsens, vom Dorf kommend gesehen. Am anderen Ende der Höhle etwa gegenüber dem Wasserfall gibt es zwei weitere Gänge. Der rechte davon hat nach einigen Metern eine Abzweigung zur linken Seite. Nimmt man den linken Weg, gibt es noch weitere Abzweigungen. Wir haben Markierungen angebracht. Folgt man ihnen, so gelangt man ins Freie. Der Ausgang befindet sich am

Ende des Felsens. Der Weg ist lang, da der Felsen, wie ihr wisst, groß ist. Der Gang, der auf der linken Seite der Höhle liegt, hat einige kleine Seitengänge. Folgt man dem breiten Gang, kommt man zu einem Höhlenausgang an der linken Seite des Felsens. Den kennt ihr ja schon. Dort habt ihr die Höhle betreten. Bisher haben wir keinen weiteren See entdeckt.

„Da Menarina in ihrer Meditation diesen See wahrgenommen hat, werden sie mit ziemlicher Sicherheit hierherkommen", sagt Nomarik. „Gibt es Seen außerhalb des Felsens?", frage ich. „In dieser Gegend haben wir keine Seen. Wir haben zwar unterirdisch viel Wasser und daher viel Brunnen, aber Seen gibt es nicht. Und wir sind uns sicher, dass die fremden Wesen in unsere Gegend kommen werden", erklärt Kamino.

„Und wie sieht es in anderen Gegenden aus? Habt ihr Seen und Meere? Gibt es viele andere Städte?", sprudelt es aus mir heraus. Ich schaue in Nomariks Gesicht und meine, einen Hauch von Missbilligung zu sehen. Ich weiß ja, dass er es nicht mag, wenn man viele Fragen stellt. Aber ich möchte so gern mehr über die Plejaden und speziell über Merope erfahren.

Er antwortet wortkarg: „In den umliegenden Gegenden sieht es etwas anders aus als hier." Damit sind meine Fragen mitnichten beantwortet, aber ich nicke nur stillschweigend. Kamino, der die Stimmung auflockern möchte, sagt: „Wenn ihr euch ausgeruht fühlt, dann könnten wir heute den langen Weg halb rechts gehen, der an das andere Ende der Höhle führt."

Da Karl, Lena und ich die letzte Nacht trotz der ganzen Aufregung gut geschlafen haben, sind wir einverstanden und machen uns auf den Weg. Ein Glück ist der Gang so hoch, dass man aufrecht gehen kann, auch Nomarik, Kamino und Menarina, die größer sind als wir.

„Was ist, wenn die Batterie von unserer Taschenlampe ausfällt und ihr gerade nicht in der Nähe seid?", frage ich nervös. „Wir werden euch ein Amulett geben", antwortet Nomarik. Mir läuft ein Schauer über den Rücken bei dem Gedanken, dieses Amulett zu tragen. Sie leuchten nicht nur, sie haben etwas Magisches.

Ich lächle Nomarik freudestrahlend an. „Das ist total lieb von euch." Ich habe das Gefühl, dass ich noch etwas gutzumachen habe wegen meiner Fragerei vorhin. „Das ist eine große Ehre." Das sage ich jedoch nicht, um nett zu sein. Ich finde wirklich, dass es so ist. Diese Amulette sind etwas ganz Besonderes. Das kann ich spüren.

Hakimi wird es zu langweilig und er setzt zum Flug an. Es ist nicht angenehm für ihn, durch diese engen Gänge zu fliegen, aber besser als die ganze Zeit auf meiner Schulter zu sitzen.

„Aber was wird er an der nächsten Abzweigung machen?", geht es mir durch den Kopf. Vor Angst wird mir kalt und heiß gleichzeitig.

Nomarik schaut mich aufmerksam an. „Ihm entgeht wirklich nichts", kommt es mir in den Sinn. „Ich habe Angst um Hakimi", antworte ich auf die Frage, die in der Luft schwebt, aber nicht ausgesprochen wird. „Was ist, wenn er eine andere Abzweigung nimmt?"

„Mach dir keine Sorgen", antwortet Nomarik und in seiner Stimme schwingt so viel Ruhe und Gelassenheit, dass meine Angst weicht. Ich rufe nach ihm und pfeife, aber nichts ist zu hören. Nach einigen Metern kommen wir an die erste Abzweigung.

„Wie wollen wir vorgehen?", fragt Kamino. „Sollen wir uns aufteilen?"

„Ja, das ist besser. Mein Gefühl sagt mir, dass Hakimi den rechten Gang genommen hat. Aber ich bin mir nicht ganz sicher." Ich schaue Nomarik fragend ein. Diesmal glaubt er offensichtlich, mir eine Antwort schuldig zu sein. „Kamino, Menarina und ich können gut Gedanken untereinander austauschen und den Ort von Wesen oder Dingen erspüren, zu denen wir eine starke emotionale Bindung haben. Hakimi ist für uns, auch wenn ihr nun schon einige Tage hier seid, kein sehr vertrautes Wesen. Da ist es für uns nicht ganz so einfach, Informationen über ihn zu bekommen."

„Hakimi ist ein schlauer und treuer Falke. Er wird uns finden oder wir ihn."

„Geht ihr den Weg zum hinteren Ausgang", sagt Nomarik. „Manuk und ich werden den rechten Weg nehmen und dann spontan entscheiden, wie wir weiterlaufen. Gebt uns bitte eine Flasche Wasser. Für den Fall, dass wir länger brauchen. Wenn wir bis Einbruch der Dunkelheit nicht an dem hinteren Ausgang sind, geht bitte zurück zum Haus. Ich werde euch gedanklich Informationen schicken, wie es uns geht. Ich glaube nicht, dass wir großen Gefahren ausgesetzt sein werden, es könnte nur etwas dauern, bis wir zu einem Ausgang gelangen."

Ich bin mir nicht sicher, ob mir das ein Trost ist. Es ist gut, dass wir uns trennen, damit die anderen nicht wegen meines Vogels Unannehmlichkeiten haben. Ich bin verantwortlich für das Verschwinden von Hakimi. Es wird jedoch das erste Mal sein, dass ich, Lichtjahre von der Erde entfernt, von den Menschen getrennt bin, die mir vertraut sind.

„Gehen wir", sagt Nomarik. Er nimmt einen Stein vom Boden. „Hiermit malen wir Zeichen an die Felswände, damit wir den Weg zurückfinden."

Mir geht es durch den Kopf, wie lange wir unterwegs sein werden. Bei unserer Landung auf Merope hatten wir einen guten Blick auf den Felsen. Er ist schätzungsweise vier bis fünf Kilometer lang. Wir werden einige Stunden brauchen, wenn Hakimi nicht gleich hinter der nächsten Ecke auf uns wartet.

„Nimm auch einen Stein", bittet mich Nomarik, „so können wir an beiden Seiten der Gänge eine Markierung anbringen. Doppelt gemoppelt hält besser, wie ihr auf der Erde zu sagen pflegt", sagt er mit einem Grinsen. Wenigstens hat er seinen Humor nicht verloren.

Ich umarme Lena und Karl und lächle Kamino und Menarina an. „Toi, toi, toi. Bis später", verabschiede ich mich. Nomarik nickt den anderen zu und wir machen uns auf den Weg. Er scheint nichts von Abschiedszeremonien zu halten. Oder vielleicht geht er davon aus, dass wir Hakimi schnell finden.

Schon nach etwa hundert Metern gibt es wieder eine Abzweigung. Er hält einen Moment inne. „Was meinst du?", fragt er mich. „Rechts", sage ich spontan, ohne nachzudenken.

„Korrekt." Nomarik sagt das mit einer solchen Sicherheit, als wisse er genau, wo Hakimi lang geflogen ist. Er macht links an der Wand ein Zeichen und ich rechts. Der Gang hier ist etwas breiter, und Nomarik und ich können an manchen Stellen nebeneinander gehen. Ich rufe und pfeife, aber es kommt keine Antwort. Wir setzen unseren Weg stillschweigend fort. Nach längerer Zeit gibt es eine weitere Abzweigung. Wieder sind wir uns einig und nehmen den linken Weg, nachdem wir eine Markierung angebracht haben. An der nächsten Abzweigung entscheiden wir uns für den linken Weg. Ich rufe und pfeife. Keine Reaktion. Dennoch bin ich fest davon überzeugt, dass Hakimi auf dieser Seite ist und nicht dort, wo der Karl, Lena und die anderen langlaufen. Und irgendetwas gibt mir die Sicherheit, dass wir die richtigen Abzweigungen gewählt haben. Nicht nur, dass ich Nomariks Intuition traue, ich bin gerade von meinem eigenen Bauchgefühl komplett überzeugt, auch wenn es mir manchmal nicht leichtfällt, Entscheidungen zu treffen. Ich frage mich, wie sich Hakimi hier zurechtfinden konnte. Falken haben zwar extrem gute Augen, aber hier ist es stockdunkel. Wir kommen zu einer weiteren Abzweigung. Diesmal wählen wir den rechten Gang. Nach einiger Zeit hält Nomarik inne.

„Dort vorne scheint es heller zu sein", sagt er. Wir gehen erwartungsvoll weiter und sehen am Ende Licht. Wir setzen langsam und ganz leise unseren Weg fort. Es wird immer heller, so dass Nomariks Amulett erlischt. „Ob das Licht automatisch ausgeht? Oder muss er es ausstellen?" Diese Fragen gehen mir durch den Kopf und ich wundere mich über mich selbst. Wie die Amulette funktionieren, hat jetzt nicht die oberste Priorität. Ich stehe leicht versetzt hinter Nomarik, als wir das Ende des Ganges erreichen.

Wir sind beide gleichzeitig überwältigt von dem Anblick, der sich uns bietet. Ein glasklarer, in einem strahlend weißgelben Licht leuchtender See, der den ganzen Höhlenraum erhellt. Der See ist etwa doppelt so groß wie der See in der ersten Höhle. Seine Leuchtkraft und sein Glitzern sind um ein Vielfaches stärker. Das Licht reicht bis zur Höhlendecke, die etwa zwanzig Meter hoch ist.

Wir stehen eine ganze Weile in der Stille, von dem atemberaubenden Anblick in den Bann gezogen. Ich bin von dem Licht und seiner Strahlkraft verzaubert.

Durch ein Rascheln am Boden wird dieser magische Augenblick unterbrochen. Ich schaue nach unten und entdecke ein kleines Tier, vielleicht ein Lurch. Und dann kommt in einem rasant schnellen Flug Hakimi auf mich zugeflogen. Ich weiß, dass er rechtzeitig bremsen kann, aber die Geschwindigkeit, mit der er sich nähert, führt bei mir zu einer leichten Anspannung. Galant dreht er kurz vor mir einen Kreis und setzt sich sanft auf meine Schulter. Er reibt seinen Kopf an meiner Wange. Ist es die Freude, mich wiederzusehen oder eine Art Entschuldigung für sein Ausbüxen?

Als ich mit meiner Hand sanft über sein Gefieder streiche, bemerke ich seinen gewölbten Bauch. Ich merke, wie desinteressiert er auf das am Boden kriechende Tier schaut. Da fällt es mir wie Schuppen von den Augen. Hakimi hatte Hunger und ist auf der Suche nach etwas Essbarem weggeflogen. Es ist meine Schuld. Ich hätte ihm an dem anderen See die Möglichkeit geben müssen, etwas zu fressen.

„Es ist alles meine Schuld", sprudelt es aus mir heraus. „Hakimi hatte Hunger und ich habe nicht darauf geachtet."

Nomarik schaut mich freundlich an und sagt: „Das wird dir sicherlich nicht noch einmal passieren. Aber auf diese Weise haben wir diese wunderschöne Höhle mit diesem traumhaft glitzernden See entdeckt. So hatte es auch etwas Gutes. Mach dir keine Sorgen. Ich bin froh, dass uns Hakimi sozusagen hierher geführt hat. Wir suchen uns einen ruhigen Platz und übermitteln den anderen die Informationen."

Im Gegensatz zu dem vorderen See führt um diesen ein Weg rundherum. Wir laufen einmal um den See und wählen dann eine kleine Felsnische aus. „Lass uns dort in die kleine Nische klettern", schlägt Nomarik vor. „Wir setzen uns und bringen unsere Gedanken zur Ruhe. Dann übermittele ich den anderen die Informationen. Versuche es auch. Konzentriere du dich auf Karl und Lena. Ich fokussiere mich auf Kamino und Menarina. Ich schlage vor, dass wir die Höhle noch erkunden und schauen, ob wir von hier einen Ausgang finden. Den größten Teil der Höhle haben wir schon durchquert. Sollte es auf dieser Seite einen Ausgang geben, dürfte er nicht weit entfernt liegen. Die anderen sollen schon zum Haus zurückkehren, da es schon dämmern wird."

„Ja, einverstanden." Ich denke, dass es besser wäre, wenn sie auf uns warten würden, damit wir bei einer drohenden Gefahr nicht allein wären. Aber gleichzeitig fühle ich mich in Nomariks Gegenwart sicher.

Wir schließen die Augen, beruhigen unsere Sinne und schicken unsere Gedanken zu den anderen. Ich meine ein Okay von Karl und Lena vernommen zu haben. Vielleicht bilde ich es mir nur ein. Ich muss sie später unbedingt fragen.

Nomarik öffnet die Augen. „Sie sind einverstanden." Nachdem nun alle Anspannung von uns abgefallen ist, überkommt mich eine Müdigkeit, auch wenn die Schönheit dieser Höhle mich zu weiteren Erkundungen ermuntert.

„Lass uns einen Moment ausruhen", sagt Nomarik und legt sich flach auf den Boden und schließt die Augen. Ich kann nicht anders, als sein Gesicht genau zu studieren. Er hat große, gleichmäßig geformte Augen, seine Nase ist lang und schmal und er hat volle Lippen mit einer schön geschwungenen Oberlippe. Ich erinnere mich daran, einmal gelesen zu haben, dass volle Lippen für Leidenschaft stehen. Bisher kam mir Nomariks Verhalten stets wohlüberlegt vor, aber vielleicht gibt es Seiten an ihm, die ich noch nicht entdeckt habe. Seine Wangen sind ebenmäßig.

Ich lege mich neben ihn und verspüre das Bedürfnis, mich an ihn zu schmiegen, was ich jedoch nicht wage. Wie sich sein Körper wohl anfühlt? Auch mit einigen Zentimetern Abstand zu ihm habe ich ein wohliges

Gefühl. Als würden sich unsere Körper berühren. Ein Kribbeln durchzieht mich von Kopf bis Fuß. Mit einem tiefen Glücksgefühl schlafe ich ein.

Als ich aufwache, glaube ich, beobachtet zu werden. Ich erinnere mich daran, mit welchen Emotionen ich eingeschlafen bin und lächle. Dann öffne ich die Augen und schaue in Nomariks Gesicht. Er hat wohl meine Gesichtszüge erkundet wie ich vorhin seine. Die Intensität seines Blickes geht direkt in mein Herz. Seine Augen strahlen so stark, dass ich seine Augenfarbe nicht erkennen kann. Es ist ein Funkeln, das tief aus dem Innersten kommt. Ich kann mich nicht von ihm lösen.

Er lächelt mich an und sagt: „Zeit, die Höhle weiter zu erkunden." Dabei steht er auf. Ich hätte noch länger hier verweilen können, aber dann fällt mir ein, warum wir hier sind. „Ja, Höhle erkunden; fremde, bedrohliche Wesen kommen in einigen Tagen und wir sollen unseren plejadischen Freunden helfen." Für einen Moment war alles vergessen.

Wir laufen noch zweimal um den See. Erst prüfen wir, ob sich etwas Besonderes im Wasser entdecken lässt. Es ist glasklar, und der Boden, beige wie Meeressand, ist gut zu erkennen. Wie das Funkeln, Leuchten und Glitzern aus diesem Wasser kommt, bleibt uns unerklärlich. Bei der zweiten Runde suchen wir gründlich nach weiteren Gängen und entdecken nur einen, der dem Eingang gegenüberliegt.

Als wir dort ankommen, dreht sich Nomarik ehrfürchtig und ergriffen zum Inneren der Höhle um. Dieses Funkeln ist unbeschreiblich. Er holt tief Luft und dann gehen wir in den Gang. Dabei fällt mir ein, dass Nomarik uns erklärt hatte, dass die Plejader nicht so atmen wie wir. Vielleicht war es nur so ein Geräusch und eine Körperbewegung, die man macht, wenn man etwas schweren Herzens tut. Schweren Herzens. Ich weiß ja noch nicht einmal, ob die Plejader ein Herz wie wir haben. Aber ihre Gefühle ähneln unseren, da bin ich mir sicher.

Nach einiger Zeit gibt es eine Abzweigung. „Mich zieht es nach links, aber ich möchte mir den rechten Gang auch gerne anschauen", schlägt Nomarik vor. Dieser Gang wird immer enger. Am Ende krabbeln wir einige Meter, bis wir sehen, dass es dort nicht weitergeht.

„Das war schnell erledigt", sagt Nomarik und wir gehen zurück zu dem Hauptgang. Nachdem wir etwa zehn Minuten gelaufen sind, gibt es eine Abzweigung nach links. Auch dieser Gang ist sehr schmal und schlängelt sich über eine längere Strecke in die Richtung, aus der wir gekommen sind. Doch dann endet der Gang und wir kehren um. Nach der fabelhaften Entdeckung des funkelnden Sees ist das Erkunden dunkler Gänge nicht so spannend, wie ich es mir vorher vorgestellt habe. Nach einiger Zeit treffen wir auf eine weitere Abzweigung.

„Ich glaube, dass der linke Weg, der richtige ist, aber lass uns wieder den anderen erkunden", schlägt Nomarik vor. Dieser Gang führt zu einer kleineren Höhle. Wir suchen die schrägen Wände und die Decke mit unseren Augen ab, können jedoch keinen Ausgang finden und drehen wieder um. Hakimi, dem es wohl auch so langsam langweilig wird, nutzt die Gelegenheit und dreht eine Runde in dieser Höhle. Er setzt sich auf einen Felsvorsprung. Als ich nach ihm schaue, entdecke ich eine kleine Öffnung am Ende der Schräge, dort, wo die Höhlendecke anfängt.

„Schau mal, das ist ein kleines Loch, oder?" Nomarik dreht sich um und lässt auf wundersame Weise sein Amulett stärker leuchten. „Du hast recht. Dort geht es nach draußen. Um durchzuklettern, ist es zu klein. Jetzt wissen wir, dass wir das Ende der Höhle erreicht haben. Mit etwas Glück finden wir einen Ausgang. Ansonsten müssen wir den ganzen Weg zurückgehen." Bei diesem Gedanken sacken meine Beine zusammen. Erst jetzt merke ich, wie anstrengend das Laufen und Suchen war. Nomarik mustert mich und schaut besorgt. Ich versuche zu lächeln und nicke ihm zu. Er versteht, meine Gesten richtig zu deuten. Wir gehen, ohne Pause zu machen, zurück und folgen weiter dem Hauptgang.

Nach nicht allzu langer Zeit kommen wir auch hier in eine kleine Höhle, die der anderen erstaunlich ähnlich sieht. Es gibt jedoch einen großen Unterschied. Und in diesem Moment bin ich dafür sehr dankbar. Am Ende der schräg abfallenden Wand vor uns ist es ein großes Loch zu sehen, das nach draußen führt.

Wir klettern die Schräge hoch und krabbeln auf allen vieren durch den Ausgang. Glücklicherweise landen wir oberhalb eines Plateaus, das etwa zwanzig Meter über dem Boden liegt. Der Felsen fällt hier schräg ab, so dass wir gut hinunterkommen müssten. Wir setzen uns auf das Plateau. Erst jetzt fällt mir ein, dass wir eine Wasserflasche mitgenommen haben, und ich merke, dass ich fast ausgetrocknet bin. Vor lauter Aufregung habe ich vergessen zu trinken. In eine Mulde tue ich Wasser für Hakimi, der es dankbar trinkt. Auch Nomarik nimmt einen Schluck. Mir fällt ein, dass die Plejader zwar ohne Essen auskommen, aber ab und zu etwas trinken. Hakimi schaut mich aufgeregt an.

„Darf Hakimi hier fliegen?", frage ich Nomarik. „Ja, wir sind hier weit entfernt von unserer Stadt und die nächste ist viele Kilometer von hier weg."

„Flieg, Hakimi", sage ich. Das lässt er sich nicht zweimal sagen und erhebt sich in die Lüfte. Ich schaue in den Himmel und bin wie jedes Mal überwältigt von der unglaublichen Anzahl an Sternen und ihrem strahlenden Funkeln.

„Magst du mir einige Sterne zeigen?", frage ich Nomarik. Auch ihm ist die Erleichterung darüber, dass wir einen Ausgang auf dieser Seite gefunden haben, anzumerken.

„Ja, gerne". Er beugt sich zu mir herüber und zeigt mit dem Finger in den Himmel. „Die großen Sterne, die dort so hell leuchten, sind die anderen Sterne der Plejaden. Dort kannst du die Hyaden sehen, die aus vielen Sternen bestehen. Die hellsten davon sind von der Erde mit bloßem Auge sichtbar. Und etwas daneben siehst du Orion. Auch dieses Sternenbild besteht aus vielen unterschiedlich hellen Sternen. Daneben befindet sich das Sternbild Einhorn nicht weit von Sirius. Sirius kannst du gut sehen, weil er so hell leuchtet."

„Das ist wunderschön. Und die vielen anderen Sterne, die am Himmel leuchten. Beeindruckend. Ich habe mir den Sternenhimmel schon immer gern angeschaut. Aber in der Stadt gibt es auch nachts so viele Lichtquellen, dass der Sternenhimmel nie so gut zu erkennen ist. Einmal war ich nachts auf einem Berg, der nicht so weit von meiner Heimatstadt entfernt ist. Dort hatte ich einen atemberaubenden Blick auf die Sterne. Wenn alles um einen herum still und dunkel ist, dann hat der Sternenhimmel etwas überwältigend Schönes. Ich bin dann ganz begeistert und gleichzeitig fühle ich mich nur noch als ganz kleinen Punkt in einem gigantisch großen Universum. So geht es mir jetzt auch."

„Der Nachthimmel lehrt einen Demut. All die Dinge, die am Tage so wichtig erscheinen, verlieren an Bedeutung. Ich werde innerlich immer ganz ruhig, wenn ich mir den Sternenhimmel anschaue."

„Ich frage mich dann immer, ob es auf diesen Sternen auch Leben gibt und was im Universum so passiert. Diese Frage stellt sich mir nun nicht mehr", sage ich grinsend zu Nomarik gewandt. Er schaut mich mit seinen großen leuchtenden Augen nachdenklich an. „Wir Plejader reisen im Universum und haben schon viel über andere Lebewesen und Lebensformen gelernt. Doch auch wir haben noch nicht alles erforscht."

„Es muss wahnsinnig aufregend sein, das Universum zu erkunden. Immer gibt es Neues zu entdecken."

„Ja, das stimmt schon. Manchmal können wir Plejader uns, wenn wir uns bewohnten Sternen nähern, nicht zu erkennen geben, da eine bedrohliche Situation entstehen könnte. Nicht alle sind so friedlich wie wir und wir möchten Konfrontationen und Konflikte meiden. Einige Sternenbewohner könnten Angst vor uns bekommen oder sich erschrecken. Manchmal ist es jedoch möglich, sich mit fremden Sternenbewohnern auszutauschen; das Schönste an diesen Erkundungen. Mit einigen stehen wir in regem Kontakt."

„Das hört sich spannend an. Tauschst du dich auch mit Bewohnern von anderen Sternen aus?"

„Bisher hatte ich noch keinen direkten Kontakt. Wir werden darin erst geschult. Damit wir immer gut geschützt sind, üben wir erst mit anderen Plejadern den Gedankenaustausch. Wir können das von Geburt an und bauen unsere Fähigkeiten im Laufe der Jahre immer weiter aus. Wir lernen, genauer zu sein, über große Entfernungen zu kommunizieren und uns dann mit nicht bekannten Plejadern auszutauschen. Das ist schwieriger. Damit ein Plejader nie in Not gerät, hat er immer die Möglichkeit, sich gedanklich an ein Mitglied des Rats der Weisen zu wenden. Die Mitglieder haben abwechselnd sozusagen Bereitschaftsdienst. Denn damit man jemanden rein über Gedanken erreichen kann, muss der andere dafür offen sein, bildlich gesprochen seine Sensoren ausgefahren haben. Das ist etwa so wie ein Radio, dessen Antenne nicht herausgezogen ist. Egal, wie viele Radiowellen auf das Radio treffen, es kann sie ohne die Antenne nicht empfangen. Diese Möglichkeit, den Rat der Weisen anzurufen, darf nie missbraucht werden. Es ist nur in dringenden Fällen erlaubt."

„Für die Plejader auf Entdeckungsreise muss es ein gutes Gefühl sein, zu wissen, dass sie jederzeit Unterstützung vom Rat der Weisen haben."

„Ja, das stimmt. Dennoch gibt es Situationen, die auch für den Rat der Weisen eine große Herausforderung darstellen."

„Kommen die Plejader denn in viele schwierige Situationen?"

„Das Reisen an sich ist für uns recht ungefährlich. Es gibt verschiedene Möglichkeiten, sich zu anderen Orten zu bewegen. Es gibt jedoch im Universum Wesen, die nicht so freundlich und offenherzig sind wie wir. Das kann für uns gefährlich werden. Da wir friedliebend sind, konzentrieren wir uns darauf, den Wesen etwas von unserem Wissen und unserer Weisheit zu vermitteln, die dafür offen sind, statt gegen andere Wesen zu kämpfen."

„Das macht Sinn für mich. Wenn es weniger friedfertige oder bösartige Menschen auf der Erde gibt, warum sollte es nicht auch bösartige Wesen im Universum geben. Ich frage mich immer, ob das Böse ein eigenständiger Gegenspieler von Gott ist oder von Gott geschaffen wurde, um uns Menschen oder auch andere Wesen im Universum auf die Probe zu stellen."

„Sehr philosophische Frage", sagt Nomarik und schaut mich breit grinsend an. Ich wundere mich, wie er bei dieser Frage, wahrscheinlich der grundlegendsten aller

Fragen, so fett grinsen kann. Doch dann fällt mir ein, dass die Plejader immer freundlich und humorvoll sind. Vielleicht ist das der Schlüssel zu ihrer Friedfertigkeit. Mir kommt spontan der Dalai Lama in den Sinn, den man auch oft verschmitzt lächelnd sieht. Dennoch frage ich Nomarik: „Warum grinst du so?"

„Ich bin überrascht und erfreut, worüber du dir Gedanken machst. Wir haben über die Menschen gelernt, dass sie sich mit fünfzehn oder sechszehn Jahren für Musik, Feiern, Mode und solche Sachen interessieren. Da bist du offensichtlich anders."

„Wenn du dich da mal nicht täuschst", sage ich lachend. „Für Musik, Feiern und Mode habe ich auch etwas übrig."

„Das finde ich gut. Wäre ja blöd, wenn das Nachdenken über grundlegende Fragen uns den Spaß an den lustigen Dingen im Leben verderben würde."

Ich bin glücklich und beschwingt. Ein traumhafter Sternenhimmel über mir und jemanden neben mir, mit dem ich mich innig verbunden fühle. Nomarik ist mir so vertraut, als würden wir uns schon Jahre kennen. Vertraut und doch weiß ich so wenig über ihn. Hakimi holt mich aus meinen Gedanken. Aus den Augenwinkeln sehe ich ihn auf mich zufliegen.

„Da bist du ja, du warst lang weg", sage ich zu Hakimi. Er sieht zufrieden aus. Es hat ihm gutgetan, sich hier richtig auszutoben. Ich gieße ihm etwas Wasser in eine Mulde, das er dankbar trinkt. Ich könnte hier mit Nomarik die ganze Nacht sitzen, doch es kommt Aufbruchsstimmung auf.

„Auch wenn es sehr schön ist, mit dir hier zu sitzen und sich auszutauschen, sollten wir doch gehen. Es ist wichtig, dass wir morgen noch unsere Meditations-übungen machen. Und wir sollten mit den anderen zu dem zweiten See gehen. Ein Glück, dass wir ihn, wenn auch eher unfreiwillig, entdeckt haben. Es könnte sein, dass die fremden Wesen an diesem See interessiert sind. Dass es zwei Seen gibt, die sich sehr ähnlich sind, macht die Situation für uns noch schwieriger. Wir brauchen einen Plan."

Er steht mit einem nachdenklichen Gesicht auf. Auch ich erhebe mich und wir stehen uns direkt gegenüber. Er schaut mir für einen Moment tief in die Augen und ein Kribbeln geht durch meinen ganzen Körper. Am liebsten würde ich ihn berühren, aber ich traue mich nicht. Sanft legt er seine Hand auf meinen Arm. Ich erstarre vor Aufregung und Glück.

„Komm, lass uns gehen", sagt er sanft und dreht sich um. Hakimi fliegt auf meine Schulter. Nomariks Amulett fängt an zu leuchten. Wir klettern den schräg abfallenden Felsen hinunter und nehmen den Weg am Fuß des Felsens zurück. Wir kommen viel schneller vorwärts als in der Höhle mit ihren zum Teil engen Gängen.

Der Sternenhimmel gibt genug Licht, um die Umgebung auch ohne Nomariks Amulett zu sehen. Mir fällt wieder diese unheimliche Stille auf. Außer den Geräuschen, die wir beim Gehen machen, ist nichts zu hören. Der lange Fußmarsch unter dem traumhaften Sternenhimmel erfüllt mich mit Frieden und innerer Ruhe. Als wir am Ende des Felsens ankommen, merke ich, wie mich langsam die Müdigkeit überkommt.

Nomarik, der offensichtlich meine Gedanken lesen kann wie ein offenes Buch, woran ich mich so langsam gewöhne, sagt: „Wir haben schon mehr als die Hälfte geschafft. Wir werden den Geheimgang nehmen, da es schon anfängt zu dämmern. Es ist besser, wenn uns keiner sieht."

Ich merke, wie es mir zusehends schwerfällt, einen Fuß vor den anderen zu setzen. Ich möchte keine Pause machen aus Angst, dass ich dann gleich einschlafe. Noch etwa eine halbe Stunde und weitere zwanzig Minuten durch den unterirdischen Gang. Ich spüre von hinten etwas wie einen elektrischen Strom und fühle mich frisch und aufgeladen. Ich drehe mich zu Nomarik um und sehe, wie er seine Hände mit den Handflächen zu mir gerichtet hält. Scheinbar hat er mir einen energetischen Schub gegeben. Ich bin zu müde, um mir darüber weiter Gedanken zu machen. Ich bin einfach froh, dass mich meine Füße wieder leichter tragen. An dem Loch schiebt Nomarik die Steinplatte zu Seite, als wäre sie leicht wie eine Feder.

Wir springen hinein und Nomarik schiebt die Platte an dem Griff wieder darüber. Wir gehen so zügig, wie es in diesem Gang möglich ist, bis wir endlich am Haus ankommen. Die anderen schlafen noch.

„Schlaf gut", sagt Nomarik, der scheinbar noch nicht sofort zu Bett gehen will. Ich murmle nur ein „du auch" und steige die Treppe hinauf zum Schlafzimmer. Ich nehme einen Schluck Wasser aus meiner Flasche, wasche mir an der Schüssel Hände und Gesicht, streife die Schuhe von den Füßen und falle todmüde ins Bett.

Tag 4 – Unsere übernatürlichen Kräfte

Am Morgen weckt mich Lena. Nur langsam werde ich wach. Der kurze Schlaf fordert seinen Tribut. In den wenigen Stunden, die ich geschlafen habe, konnte ich mich nicht entspannen. Ich hatte einen wirren Traum. Es gab Soldaten und einen großen See. Die Soldaten waren bedrohlich und ich bin in dem See geschwommen. An mehr kann ich mich nicht erinnern. Ich fühle mich nur total gerädert.

„Gibt mir noch ein bisschen Zeit", sage ich. In dem Moment klopft es an der Tür.

„Darf ich hereinkommen?", fragt Menarina. „Klar", antwortet Lena.

„Guten Morgen", begrüßt uns Menarina und schaut mich aufmerksam an. „Du siehst noch etwas verschlafen aus", sagt sie zu mir. „Ja, es war eine kurze Nacht und ich habe schlecht geträumt", antworte ich. „Träume können wichtige Hinweise enthalten", bemerkt Menarina, „wenn du magst, kannst du uns später davon erzählen. Nomarik hat unser morgendliches Treffen um eine Stunde verschoben."

„Ist er denn schon wach?", frage ich. Als mich Menarina mustert, merke ich, wie ich leicht erröte. Ich hoffe, dass es keinem auffällt. „Er hat überhaupt nicht geschlafen", antwortet Menarina. „Er hat meditiert und über einen Plan nachgedacht. Wir werden ihn nach dem Frühstück besprechen. Dann bis später", sagt sie und verlässt den Raum.

„Bis später", sagen Karl und Lena auf ihren Betten sitzend. Ich ziehe die Bettdecke halb über meinen Kopf und kuschle mich ein. „Wie hat er das nur durchgehalten?", frage ich mich. Nomarik überrascht mich immer wieder. Ich bin gespannt auf seinen Plan. Ich denke an die Pause an dem glitzernden See und wie wir den Nachthimmel angeschaut haben. Mich durchdringt ein wohliges Gefühl. Ich rufe mich zur Raison: Bald werden fremde Wesen in einer kriegerischen Absicht kommen und wir müssen gut darauf vorbereitet sein. „Konzentriere dich", ermahne ich mich selbst. Dann döse ich ein und werde heute ein zweites Mal von Lena geweckt.

Noch nicht ausgeschlafen, aber doch viel frischer, erhebe ich mich aus dem Bett. Meinen blauen Umhang habe ich immer noch an. Ich müsste ihn ausschütteln, da er ganz staubig und dreckig ist, aber ich wage es nicht, dies am Fenster zu tun.

Es klopft an der Tür. Es ist Menarina. „Hier, ich habe frisch gewaschene Umhänge für euch. Zieht sie an und gibt mir die dreckigen." Was für ein Zufall. Ich frage mich, in welchen Situationen die Handlungen von Nomarik, Kamino und Menarina auf Überlegungen beruhen und wann sie Gedanken lesen. Ich möchte das unterscheiden können, auch wenn es im Ergebnis nichts ändert. Ich werde Menarina fragen.

Wir treffen die anderen in der Küche und gehen nach der Begrüßung gemeinsam in den Meditationsraum im Erdgeschoss. Hakimi begleitet uns dahin, auf meiner Schulter sitzend. Dort angekommen fliegt er auf den halbhohen Schrank.

„Wir werden wieder eine Meditation machen, um zur Ruhe zu kommen. Lasst eure Gedanken kommen und gehen, und im Idealfall geht ein Gedanke schneller, als der nächste kommt", sagt Kamino mit einem Grinsen. Mir gefällt es sehr, dass die Plejader selbst in ernsten oder bedeutenden Situationen ihren Humor nicht verlieren.

„Wenn die Meditation beendet ist, werde ich euch bitten, mit euren Gedanken wieder hier in den Raum zu kommen", erklärt Kamino.

Wir schließen die Augen und schon nach kurzer Zeit breitet sich eine tiefe Stille aus. Dann höre ich Kaminos Stimme, die uns auffordert, mit dem Bewusstsein in den Raum zurückzukehren. „Wie ist es euch ergangen?", fragt Kamino.

„Ich war sehr schnell weg und war wach und gleichzeitig nicht wach", erkläre ich. „Es gingen mir kaum Gedanken durch den Kopf."

„Bei mir war es auch so", antwortet Karl. „Bei mir auch", sagt Lena.

„Sehr gut", stellt Kamino fest, „ihr seid echte Naturtalente. Wenn ihr nicht so viele Talente hättet, wärt ihr ja auch nicht hier auf den Plejaden gelandet." Karl, Lena und ich schauen uns grinsend und mit Stolz an.

„Ob wir Grund haben, stolz auf uns zu sein, werden wir erst in einigen Tagen wissen", schießt es mir durch den Kopf.

„Heute machen wir eine andere Übung", erklärt Kamino. „Es ist nicht nur wichtig, Gegenstände zu erfühlen, sondern auch zu erspüren, wer in eurer Nähe ist und welche Absicht die Person hegt. Dazu braucht es Übung. Am Anfang geht es darum, nur einige Eigenschaften wahrzunehmen und zu erkennen, ob jemand eine gute oder schlechte Absicht hat. Nomariks, Menarinas und meine Herausforderung besteht darin, dass einer von uns so tut, als hätte er eine böse oder eine gute Absicht. Dadurch könnt ihr sie voneinander unterscheiden. Für Kamino, Menarina und mich ist es eine gute Gelegenheit zu trainieren, Gedanken oder

Gefühle, die wir ursprünglich nicht haben, so intensiv werden zu lassen, dass sie für andere real werden."

„Das ist wichtig, weil wir beim Reisen im Universum bösartige Wesen treffen können, die auch über die Fähigkeit verfügen, Gedanken, Absichten und Gefühle zu erkennen. Dann kann es hilfreich sein, etwas vortäuschen oder zumindest seine Gedanken, Absichten und Gefühle kaschieren zu können", erklärt Kamino.

Auch diese Übung leitet Kamino an. Nomarik hält sich zurück. Vielleicht ist er müde. Ich mustere ihn und kann jedoch nichts von Müdigkeit entdecken. Er ist zu sehr in Gedanken versunken, um meinen Blick einzufangen.

„Wer möchte anfangen?", fragt Kamino.

Da ich befürchte, später nicht mehr genug Elan zu haben, melde ich mich sofort.

„Ich, wenn es euch recht ist", rufe ich.

„Ja, gerne. Bitte stelle dich in die Mitte des Raumes. Alle anderen gehen bitte an die Seite, damit ihr genug Abstand habt." Hakimi beäugt neugierig das Geschehen. „Bleibe auf deinem Platz sitzen", weise ich ihn an.

„Bitte drehe dich so, dass du nicht sehen kannst, wer von hinten kommt und sich hinter dich stellt. Am besten schließt du zusätzlich noch die Augen. Ich werde dann keine Kommandos mehr geben, so dass auch ich hinter dich treten könnte. Erspüre selbst, wann jemand hinter dir steht und sage, was du spürst. Wenn du keine neuen Wahrnehmungen mehr hast, dann öffne die Augen und gib uns ein Signal."

Ich höre Schritte. Wahrscheinlich geht Kamino zu den anderen. Dann höre ich nochmals Geräusche. Und ich spüre eine Luftbewegung. Das hat nichts mit übersinnlicher Wahrnehmung zu tun.

„Ich glaube, dass ein männliches Wesen hinter mir steht", erkläre ich. Auch diese Vermutung hat vielleicht nichts mit übersinnlicher Wahrnehmung zu tun, da Menschen Pheromone freigeben. Wissenschaftler vermuten, dass diese Botenstoffe beim Sexualverhalten des Menschen eine Rolle spielen könnten. „Wäre es dann möglich, dass man dadurch erkennt, ob man es mit einem Mann oder einer Frau zu tun hat", frage ich mich. „Ich sollte mich lieber auf meine Wahrnehmung konzentrieren, statt mir Gedanken über Pheromone zu machen", geht es mir durch den Kopf.

„Ich spüre etwas Friedfertiges, Ruhiges, Strukturiertes und Leidenschaftliches. Die Gegenwart der Person ist mir angenehm", sage ich und überlege, wer hinter mir stehen könnte. Bei Leidenschaft kommt mir sofort Nomarik in den Sinn. Um welche Leidenschaft geht es hier? Meine oder seine?

Ich weiß, dass Karl mit Begeisterung Fußball spielt. Ich bin zu aufgewühlt, um mich zu fokussieren. Außerdem sollen wir nicht nachdenken, sondern wahrnehmen.

„Mehr kann ich im Moment nicht spüren", sage ich und öffne die Augen. „Darf ich mich umdrehen?", frage ich. „Ja, natürlich", antwortet Kamino. Als ich nach hinten blicke, sehe ich Nomarik, der mich mit einem Schmunzeln auf den Lippen anschaut. Ich hätte es mir ja denken können. Dieses wohlige Gefühl habe ich schon öfters in seiner Nähe gespürt.

Als Nächste ist Lena dran. Sie stellt sich in die Mitte des Raumes, und wir warten einen Moment am Rand, bis sie die Augen geschlossen hat. Über Blicke und Gesten vereinbaren wir, dass Kamino hinter sie tritt. Einige Zeit ist es still, dann sprudelt es aus Lena heraus. Sie ist begeistert von der Übung und den Informationen, die sie erhält.

„Ich spüre ein männliches Wesen, das größer ist als ich." Mir geht durch den Kopf, dass man die Größe vielleicht einfach nur über die Körperwärme wahrnimmt. Zwar habe ich immer noch keine Vorstellung, wie der Körper eines Plejaders aussieht und funktioniert, doch weiß ich durch die körperliche Nähe zu Nomarik in der vergangenen Nacht, dass sich die Plejader warm anfühlen.

„Es ist jemand, der sehr mutig, großzügig und hilfsbereit ist und über einen brillanten Verstand verfügt. Trotz der positiven Eigenschaften spüre ich eine Gefahr, die von ihm ausgeht, oder eine böse Absicht. Jetzt verschwindet dieses Gefühl und ich nehme Humor wahr. Und noch Zuverlässigkeit. Auf ihn kann man sich als Freund verlassen."

„Die Verlässlichkeit eines Freundes trifft auf uns alle zu", geht es mir durch den Kopf.

„Wenn ich eine Person benennen sollte, würde ich auf Kamino tippen. Ich öffne jetzt die Augen, da ich keine weiteren Informationen bekomme." Als sie sich umdreht und Kamino wahrnimmt, sehe ich ein Lächeln und ihren Stolz. Auch alle anderen schauen zufrieden. Je intensiver unsere Wahrnehmung geschult ist, desto besser können wir uns gegen die fremden Wesen verteidigen.

Nun ist Karl an der Reihe. Wir vereinbaren mit Blicken und Gesten, dass sich Menarina hinter ihn stellen soll. Auch Karl ist für einige Zeit still. Dann sagt er langsam und mit Bedacht: „Ich nehme ein weibliches Wesen wahr. Es ist eher zurückhaltend. Es verfügt über einen guten Sachverstand und tut Dinge nach Abwägung aller positiven und negativen Aspekte. Es ist jemand, der sehr humorvoll und hilfsbereit ist und genau beobachtet. Ich spüre weder eine positive noch eine negative Absicht. Die Person erscheint mir neutral. Wenn ich auf eine Person tippen müsste, würde ich sagen, dass es Menarina sein könnte." Er öffnet die Augen und dreht sich um und sieht voller Freude und Stolz, dass er mit seiner Einschätzung richtig lag.

„Super", sagt Nomarik mit Erleichterung und Zufriedenheit, „ihr seid sehr feinfühlig und habt sehr gute übersinnliche Wahrnehmungen. Lasst uns noch eine Nachbesprechung machen und dann können wir frühstücken."

Wir setzen uns in einen Kreis. „Karl, magst du anfangen, zu berichten, wie es für dich war?", fragt Kamino. „Ja, gern. Ich bin ganz erstaunt. Ich habe so etwas noch nie gemacht und hätte mir nicht vorstellen können, dass man Informationen erhält. Aber dieses Gefühl oder diese Eingebung war einfach da. Natürlich habe ich mir überlegt, ob der Körpergeruch und die Körperwärme eine Rolle spielen. Aber ich glaube nicht, dass Eigenschaften wie Mut oder Humor in einem Geruch gespeichert sind. Ich frage mich, warum ich eine neutrale Absicht gespürt habe."

Menarina, die ihn freudestrahlend anschaut, antwortet direkt. „Wir hatten vereinbart, dass wir eine positive oder negative Absicht ausstrahlen sollen. Ich habe dich besonders getestet, da ich mich nicht an die Vereinbarung gehalten und eine neutrale Haltung eingenommen habe. Deine Antwort zeigt, dass du wirklich deiner Wahrnehmung vertraut und sie nicht durch deinen Verstand korrigiert hast."

„Wie war es für dich, Lena?", fragt Kamino. „Ich kann gar nicht genau sagen, woher die Informationen kamen. Sie waren irgendwie einfach in meinem Kopf, als ich darum gebeten habe, Informationen zu erhalten", antwortet Lena.

„Das ist ein sehr wichtiger Punkt", sagt Kamino. „Es ist gut, vorher die Intention laut oder in Gedanken auszusprechen."

„Mich hat nur gewundert, dass ich eine schlechte Absicht gespürt habe, die dann verschwand."

„Auch dies war eine besondere Prüfung. Ich habe mich erst auf eine böse Absicht konzentriert und dann eine neutrale Haltung eingenommen. Das hast du sehr gut wahrgenommen."

„Ah, das erklärt, warum sich meine Wahrnehmung verändert hat", sagt Lena zufrieden. „Und wie war es für dich, Manuk?", fragt Kamino.

„Ich habe auch die Absicht in Gedanken ausgesprochen, dann kamen die Begriffe ganz spontan. Nach den ersten Informationen fiel es mir etwas schwer, mich zu konzentrieren oder meine Gedanken ruhig zu halten." Ich schaue Nomarik kurz an, um zu prüfen, ob er gemerkt hat, dass es mir deshalb so schwerfiel, bei der Sache zu bleiben, weil ich mit dem Thema Leidenschaft beschäftigt war. Er schaut sachlich und neutral, aber da er schon öfter in meinen Gedanken gelesen hat wie in einem Buch, kann ich mir vorstellen, dass er weiß, was in mir vorging.

„Ich konnte keine Absicht spüren. War das auch ein Test?"

Nomarik guckt mich keck an und antwortet: „In der Tat und du hast die Herausforderung mit Bravour bestanden." Diese Worte tun mir gut, weil ich nicht zufrieden mit mir bin. Ich habe mich zu sehr von meinen Gefühlen ablenken lassen. Ich nehme mir fest vor, in einer wirklichen Gefahrensituation konzentriert zu bleiben.

„Ihr habt das sehr gut gemacht. Da ihr Zweifel hattet, ob die Wahrnehmungen nicht etwas mit dem

Körpergeruch oder der Körperwärme zu tun haben, werden wir diese Übung wiederholen. Allerdings werden wir sie dann über eine große Entfernung hinweg durchführen. Lasst uns die Übung wieder mit einem Dankesritual abschließen. Dann gehen wir nach oben."

Als wir uns einige Minuten später erheben, kommt Hakimi sofort auf meine Schulter geflogen. Er ist bestimmt genauso hungrig wie ich, wobei er letzte Nacht ja ausgiebig speisen konnte.

Wir gehen zusammen in den zweiten Stock in die Küche. Nomarik, Kamino und Menarina holen wieder Früchte und Samen aus den Schränken und bereiten Pasten vor. Da es heute nichts anderes zu essen gibt als an den Vortagen und ich keinen Herd, Backofen oder gar Mikrowelle sehen kann, gehe ich davon aus, dass die Plejader nicht kochen und backen. Ich werde sie später fragen. Jetzt sind sie sehr in Gedanken versunken und ich möchte sie nicht stören. Hakimi sitzt auf dem Tisch und beäugt mich. „Mein guter Hakimi, du bist so lieb. Immer bist du an meiner Seite und beschwerst dich nie", sage ich im Stillen zu ihm.

Beim Tischdecken helfen wir. Als Teller dienen große Blätter und als Besteck werden Spachtel aus Holz verwendet. Als Getränk gibt es wieder klares, erfrischendes Wasser aus dem Tonkrug.

„Lasst es euch schmecken", sagt Menarina, als wir alle sitzen. Das ist mein Stichwort. „Es schmeckt alles sehr lecker. Kocht oder backt ihr nicht auch?", frage ich neugierig. „Nein", antwortet Menarina. „Wenn wir mögen, dann können wir draußen ein Feuer machen und Früchte, Samen und Pasten erhitzen oder rösten. Das ist jedoch nur selten der Fall. Unser Bedürfnis nach Nahrung ist nicht besonders groß, wie ihr wisst."

„Wo bekommt ihr die Früchte und Samen her?", frage ich weiter. „Es gibt einen Markt, wo diese Nahrungsmittel angeboten werden. Die Bäume und Sträucher werden außerhalb der Stadt gepflanzt. Frauen sitzen täglich um diese Felder herum und laden die Pflanzen und ihre Früchte mit Energie auf. Dadurch sind sie so nahrhaft", antwortet Menarina.

Erst jetzt wird mir bewusst, dass ich unsere Nahrungsmittel und gekochtes Essen nicht vermisst habe und dass ich mich nach dem Essen immer gut genährt gefühlt habe. Die Methode scheint zu funktionieren. Hakimi ist der beste Beweis. Hat man je einen Falken erlebt, der zufrieden Früchte und Samen frisst? Ich schaue in seine Nische, wo er genüsslich alles vertilgt, was ich ihm hingestellt habe, und aus dem Schälchen Wasser trinkt.

„Die energetische Aufladung von Wasser und Pflanzen ist eine der Aufgaben, die die Frauen bei uns übernehmen und ein Grund dafür, weshalb ihr hier so selten Frauen in der Stadt spazieren gehen seht. Außerdem kommen die Frauen an verschiedenen Orten zusammen. Meist sind es heilige Orte oder Kraftorte. Davon gibt es einige in der Stadt und mehrere außerhalb", erklärt Kamino.

Jetzt klinkt sich Nomarik ein. „Manuk, der See, den wir entdeckt haben, ist zum Beispiel so ein heiliger Ort. Ich habe jedoch keine Spuren von anderen Plejadern entdecken können. Die Frauen geben nicht immer preis, wo sich ein Kraftort befindet. Dieser scheint von ihnen nicht oder nicht oft besucht zu werden. Wir gehen heute zusammen zu dem See. Ich habe eine Karte mit allen Gängen angefertigt."

Ich liebe es, wie Nomarik meinen Namen ausspricht, auch wenn heute in seiner Stimme etwas Nachdenkliches mitschwingt. „Wann hast du denn das gemacht?", frage ich neugierig. „Gleich nachdem wir zurückgekehrt sind. Ich konnte mich gut an alles erinnern", sagt er und schaut lächelnd zu mir hoch. „Hier ist die Karte." Ich bin froh, dass alle auf die Karte schauen und hoffentlich niemand gemerkt hat, wie ich leicht rot geworden bin. „Das sind viele Gänge und ein sehr langer Weg vom vorderen Eingang", sagt Kamino.

„Ja, das ist so. Ich habe gestern noch meditiert und mein Eindruck ist, dass die fremden Wesen nicht zu dem zweiten See kommen. Und es wird auch nur noch ein oder zwei Tage dauern, bis sie kommen. Ich glaube, sie kommen von Orion. Lasst uns in der Abendmeditation weitere Eindrücke sammeln, damit wir ein genaueres Bild erhalten."

„Wenn die fremden Wesen vielleicht schon morgen kommen, dann sollten wir noch heute die Übung zum Gedankenlesen bei größeren Entfernungen machen. Wir könnten diese in der Höhle durchführen. Dann wären wir gut vorbereitet, wenn die fremden Wesen schon morgen kämen", schlägt Menarina vor.

„Gute Idee", antwortet Nomarik. Er schaut uns an, und dann hinüber zu Hakimi, der sich sein Gefieder putzt. „Da alle mit dem Essen fertig sind, könnten wir jetzt aufbrechen."

Alle nicken. Wir stehen auf, räumen zusammen alles weg, füllen die Wasserflaschen auf und gehen hinunter. Wieder lugt Nomarik aus der Tür, bevor wie hinaustreten. Hakimi ist gut unter meiner Kapuze versteckt. Wir halten unsere Köpfe nach unten gesenkt, damit niemand unsere Gesichter erkennen kann. Aus den Augenwinkeln sehe ich wieder hier und da einige Leute. Meist sind sie zu dritt, fünft oder manchmal zu siebt unterwegs. Selten sieht man Gruppen von zwei oder vier Leuten. Ich muss heute Abend daran denken, Nomarik zu fragen, warum das so ist.

Der Ortsrand ist schnell erreicht. Außerhalb des Ortes ist kein Mensch zu sehen. Niemand, der wandert oder in der Natur spazieren geht. Wahrscheinlich sind tagsüber alle mit ihren Aufgaben beschäftigt. Ach, und ich wollte Nomarik noch fragen, warum es Tag und Nacht hier gibt. Unsere Sonne kann hier nicht der Grund dafür sein. Dafür sind wir von der Sonne viel zu weit entfernt. So in Gedanken versunken, merke ich erst jetzt, dass wir bei dem Höhleneingang angekommen sind. Schätzungsweise sieben Kilometer von der Stadt weg.

„Kann Hakimi ein bisschen fliegen, bevor wir in die Höhle gehen?", frage ich. „Dann können wir auch noch etwas trinken."

„Klar", antwortet Kamino. „Los, flieg Hakimi." Das lässt er sich nicht zweimal sagen und erhebt sich in die Lüfte. Karl, Lena und ich löschen unseren Durst. Heute sind alle recht still. Die Anspannung ist zu spüren. Noch ein oder zwei Tage und dann stehen wir vor der großen Herausforderung.

„Wer von euch", fragt Nomarik und schaut dabei Karl und Lena an, „möchte die Lage und Wegführung der Gänge in den vorderen Höhlen beschreiben?"

„Das kann ich machen", antwortet Karl. „Manuk, kannst du uns den Weg zur hinteren Höhle und von dort zum Ausgang zeigen?", fragt Nomarik.

„Ich hoffe", antworte ich lächelnd. Die anderen schauen mich freundlich an, doch ich merke, dass es jeder wichtig findet, dass wir uns gut auskennen, auch wenn die Wegführung zum hinteren See weniger bedeutend ist, da Nomarik voraussehen konnte, dass die fremden Wesen zum vorderen See kommen werden. Nomarik nimmt wohl meine Enttäuschung über die zwar freundlichen, aber doch ernsten Gesichter wahr und schaut mir lange in die Augen. Ich spüre, dass er mir vollkommen vertraut. Mit einem Mal fühle ich mich mutig und stark.

Von weitem sehe ich Hakimi, der sanft auf meiner Schulter landet. Wir springen durch das gut versteckte Loch. Dann die Schräge hinunter in die erste Höhle.

Karl erklärt: „Es gibt drei Gänge. Einer links, der sehr kurvenreich nach draußen führt. Nimmt man bei dem rechten Gang die erste Abzweigung links, gelangt man zum See. Und gegenüber der Gang führt direkt zum See."

„Nimmt man nicht die Abzweigung, kommt man weiter in das Innere der Höhle. Kamino, Menarina und ich haben noch nicht alle Gänge erforscht. Haltet euch fern von diesen Gängen. Sie sind ein Labyrinth", erklärt Nomarik.

Wir gehen weiter und gelangen zu dem glitzernden See. Direkt rechts von uns plätschert der Wasserfall.

Karl erklärt: „Hinter dem Wasserfall befindet sich der Gang, der wieder in die erste Höhle führt. Rechts führt ein Weg in das Innere der Höhle, den wir bestimmt auch meiden sollen."

Nomarik, Kamino und Menarina nicken zustimmend.

„Am hinteren Ende rechts führt der Weg lang, den wir gestern genommen haben. An der ersten Abzweigung führt links der Weg nach draußen und der rechte zu der hinteren Höhle mit dem anderen See. Der Gang, der halblinks von der Höhle abgeht, führt relativ schnell ins Freie."

„Du hast dir alles sehr gut gemerkt", sagt Nomarik und nickt Karl freundlich zu.

„Schaut euch bitte den See genau an. Was könnten fremde Wesen dort suchen? Das Wasser ist so klar und glitzernd, dass man einen Gegenstand auf seinem Grund erkennen müsste."

„Wenn sich etwas hier in der Höhle abspielt, dann wäre es gut, den Gang, der schnell nach draußen führt, zu versperren. Und sollten wir in Bedrängnis geraten, können wir den Weg hinter dem Wasserfall nehmen. Der ist so gut verdeckt, dass keiner dort einen Gang vermutet. Wenn die fremden Wesen etwas im Wasser suchen und auch finden, müssen wir die Wege bewachen, die schnell nach draußen führen. So können wir sie gut fangen", schlägt Menarina vor.

Ich wundere mich über die strategische Planung und den Mut der sonst eher ruhigen Menarina. „Unterschätze nie stille Menschen", kommt es mir in den Sinn. Stille Wasser sind tief.

Nomarik und Kamino nicken zustimmend. „Gut durchdacht, Menarina", sagt Nomarik. Hakimi fliegt aufgeregt umher. Zu meinen Füßen sehe ich etwas krabbeln. Sicherlich hat Hakimi Lurche oder andere Tiere entdeckt. „Los, Hakimi, hol dir dein Fressen." Insgeheim hoffe ich, dass er den Bestand an Lurchen, oder was immer es ist, nicht zu stark dezimiert. Und schon geht Hakimi auf Jagd.

Wir schauen uns noch einmal die Höhle und den See genau an. „Was soll es hier zu holen geben?", frage ich mich. Auch ich habe das Gefühl, dass das Geheimnis hier in der Höhle liegt und nicht an dem anderen See, der noch heller und klarer funkelt und glitzert und den ein ganz besonderer Zauber umgibt.

Schon nach kurzer Zeit kommt Hakimi zurückgeflogen. Ich sehe ihm sofort an, dass seine Jagd erfolgreich war. Zufrieden setzt er sich auf meine Schulter.

Wir gehen rechts an dem See vorbei und nehmen den hinteren rechten Gang. Ich gehe vor und versuche, mich zu erinnern. An der ersten Abzweigung bleibe ich stehen. „Hier haben wir uns getrennt. Ihr seid links gegangen und Nomarik und ich rechts."

„Unser Weg hatte einige wenige Abzweigungen. Wir haben Markierungen an den Wänden angebracht, um den Weg, der nach draußen führt, zu kennzeichnen. Wir waren etwa eine Stunde unterwegs", erklärt Nomarik.

„An der nächsten Abzweigung sind wir rechts gegangen. Man sieht gut unsere Markierungen", erkläre ich. Langsam setzten wir unseren Weg fort. Es ist hier recht eng und wir gehen hintereinander. „An der nächsten Abzweigung haben wir den linken Weg genommen." Dann sehe ich die Markierungen. „Ich habe mich nicht getäuscht", sage ich zu mir mit Erleichterung. „Es ging nochmals nach links und dann nach rechts." Für alle ist der Weg beschwerlich, doch ich weiß, dass wir mit einem atemberaubenden Anblick belohnt werden.

„Es ist nicht mehr weit", rufe ich den anderen zu.

Dann sind wir in der Höhle mit diesem wunderbaren See.

„Könntet ihr eure Lichter ausmachen?", frage ich. Als das Licht erlischt, bin ich von dem Anblick wieder in den Bann gezogen. Das Wasser des Sees leuchtet, als wäre es eine Lichtquelle. Es ist glasklar und funkelt und glitzert. Ich sehe, wie allen angesichts der einzigartigen Schönheit der Atem stockt. Nomarik schaut zu mir hinüber, und ich fühle, dass er jetzt am liebsten an meiner Seite wäre. Der über alles strahlende See, Nomariks inniger Blick und die besondere Atmosphäre lassen Schmetterlinge in meinem Bauch tanzen. Es gibt keinen Ort, an dem ich jetzt lieber wäre. Lenas Stimme holt mich, von wo ich auch immer war, zurück. „Das ist so wunderschön. So etwas habe ich noch nie in meinem Leben gesehen." Auch Karl, der außer beim Fußball nicht übermäßig emotional ist, ist ergriffen. „Was für ein Anblick", sagt er. Menarina, die die ganze Zeit still war, meldet sich zu Wort: „Das ist ein besonderer Ort mit einer einzigartigen Energie. Ich bin mir sicher, dass er noch eine große Bedeutung für uns haben wird." Nomarik und Kamino nicken. „Kamino, was ist deine Meinung?", fragt Nomarik zu ihm gewandt. „Menarina hat recht. Ich spüre das Gleiche. Der Ort ist bedeutungsvoll. Wir sollten uns beraten, ob wir mit dem Rat der Weisen über diesen See sprechen", antwortet Kamino.

„Ja, ich bin deiner Meinung. Das machen wir in den nächsten Tagen", entgegnet Nomarik. Kamino und Menarina nicken.

„Der Weg führt komplett um den ganzen See. Wollen wir einmal rundherumgehen?", frage ich. „Ja", antwortet Nomarik und wir setzen unseren Weg fort. Hakimi setzt zum Flug an. „Bleib hier in der Höhle", rufe ich ihm zu. Nochmals will ich nicht nach ihm suchen.

Immer wieder bleiben wir stehen und drehen uns in Richtung See. Er hat etwas Magisches. Als wir an der Nische vorbeikommen, in der sich Nomarik und ich die Nacht zuvor ausgeruht haben, lächelt er mir zu. Mir wird heiß und kalt gleichzeitig, als ich daran denke, und bin im Angesicht dieser starken Emotionen nicht fähig, seinen Blick entspannt zu erwidern. Nomariks Lächeln verstärkt sich. Ich glaube, er hat gerade gemerkt, was in mir vorgeht. Ich kann keine Geheimnisse vor ihm haben. Es gibt aber auch nichts, absolut nichts, was ich vor ihm geheim halten möchte.

Als wir den See einmal umrundet haben, werfen wir noch einen letzten Blick auf das funkelnde Wasser und gehen zu dem Gang, der dem Eingang gegenüberliegt. Hakimi landet von hinten auf meiner Schulter.

„Es gibt sonst keine weiteren Gänge", erkläre ich, „und von hier aus ist es auch nicht mehr weit."

„Es gibt nur eine Abzweigung rechts und eine links, doch die Wege enden einfach. Ganz am Ende verzweigt sich der Weg. Der rechte führt in eine kleine Höhle, die ein Felsloch nach draußen hat, das jedoch nicht groß genug für uns ist. Der linke Weg führt zu einer kleinen Höhle mit einem Ausgang", erkläre ich.

Die anderen folgen mir und wir gehen nach draußen, wo wir auf das Plateau gelangen. Dort haben wir einen wunderschönen Ausblick, da sich das Plateau weit oben am Felsen befindet. Wir sehen die steppenartige, karge Landschaft, den braunen Boden und die kleinen grünen Büsche. Tiere sind nicht zu sichten. Hakimi setzt nochmals zum Flug an. Das Panorama ist wunderschön, doch der Blick in die Sterne mit Nomarik letzte Nacht war noch ergreifender.

„Lasst uns einen Moment ausruhen", schlägt Kamino vor. „Gute Idee", sagt Menarina und alle nicken. Wir setzen uns und genießen die Aussicht. „Man sieht hier viele kleine Büsche. Da ihr Holzmöbel habt, muss es irgendwo auch Bäume geben. Habt ihr unterschiedliche Landschaften hier auf den Plejaden?", frage ich.

Kamino antwortet: „Es gibt bei uns auch Gebiete mit Bäumen. Sie wachsen jedoch nicht so dicht wie auf der Erde. So dichte Wälder wie bei euch haben wir nicht. Es gibt auch nicht so viele Pflanzen- und Tierarten wie auf der Erde. In manchen Gebieten leben mehr Tiere als hier. Eure Erde muss wunderschön sein", sagt er nachdenklich.

„Ja, das ist sie. Wenn wir auf wundersame Weise hierherkommen konnten, so ist es euch vielleicht auch möglich, auf diese schnelle Art zu uns zu kommen." Ich werfe Nomarik einen Blick zu. Bei dem Gedanken, dass er mit seinen Freunden zu uns kommen könnte, hüpft mir das Herz. Er scheint jedoch in sich versunken und meinen Blick nicht zu bemerken. Enttäuschung macht sich in mir breit. Ich schaue Kamino schnell lächelnd an, damit keinem meine Gefühle auffallen, und sage: „Es wäre toll, wenn ihr uns besuchen würdet."

„Ja, das wäre so schön", sagt Lena. „Ich würde mich total freuen", meint Karl. „Das wäre ein super Abenteuer", erwidert Menarina. Nur Nomarik hüllt sich weiter in Schweigen. Als merke er erst jetzt, dass einige Blicke auf ihn gerichtet sind, schaut er auf und sagt: „Wir sollten die Übung der Gedankenübertragung, die Kamino vorhin vorgeschlagen hat, jetzt machen."

So ernst und nachdenklich habe ich Nomarik noch nie erlebt. Ich kann ihn gut verstehen, da eine Bedrohung naht. Wenn wir so nett zusammensitzen, vergesse ich manchmal, was sie vorausgesagt haben, und dass Karl, Lena und ich eine große Aufgabe zu bewältigen haben, die wir nicht einmal kennen.

„Ich schlage vor, dass eine Person hier auf dem Plateau bleibt. Die anderen gehen bis zur ersten Abzweigung. Von dort geht eine Person in eine der drei Gänge. Niemand geht weiter und niemand geht bis zum See. Wir kombinieren die Übung mit dem Erspüren einer Absicht. Die Person, die sich von der Gruppe getrennt hat, geht danach nach draußen auf das Plateau und muss dann den Ort und die Absicht einer anderen Person, die sich von der Gruppe entfernt hat, erkennen. Und am besten auch ihre Identität wahrnehmen. Die Person, die auf dem Plateau war, geht wieder zur Gruppe. Kamino, Menarina, wir machen auch mit. Es kann nicht schaden, sich nochmals aufeinander einzustimmen. Am

Ende treffen wir uns alle auf dem Plateau und tauschen uns aus. Einverstanden?"

„Ja", antworten alle wie aus einem Mund.

„Manuk, bleib du hier, wir gehen rein", sagt Nomarik. Ich bin erstaunt über seine klare Anweisung. Meist fragt er erst. Aber mir ist es recht, den Anfang zu machen. Hakimi scheint gemerkt zu haben, dass etwas in Bewegung kommt, und fliegt aus der Ferne auf mich zu. Er setzt sich auf einen Felsvorsprung über dem Plateau.

„Du musst einige Zeit warten, bis wir in der Höhle sind und einer noch weiter in einen Gang gegangen ist. Der Zweite kann mit dem Wahrnehmen direkt anfangen, da sich schon jemand verstecken kann, während die zweite Person nach draußen geht. Klar?"

Von allen ist ein klares „ja" zu vernehmen. Ich bewundere den Sachverstand Nomariks. Er denkt wirklich an alles. Da ich warten muss, setze ich mich nochmals hin. Die anderen machen sich auf den Weg in die Höhle.

Als sie weg sind, fällt mir auf, dass es das erste Mal ist, seit wir hier auf den Plejaden sind, dass ich längere Zeit allein bin. Ganz allein ja nicht, Hakimi sitzt hinter mir. Ich bin ruhig und entspannt. Außerdem bin ich nicht wirklich allein, weil man hier auf den Plejaden mit anderen über Gedanken verbunden ist. Gleich werde ich aktiv telepathisch Kontakt aufnehmen. Daher genieße ich diesen Moment der Ruhe und Stille. Ich lege mich auf das Plateau und schließe die Augen. Plötzlich schrecke ich hoch. Bin ich eingeschlafen?

Mein Herz pocht und pocht. Ich bin verängstigt. Wie kann das sein? Gerade habe ich doch noch so friedlich und entspannt die Ruhe genossen. Jemand hat eine böse Absicht, die gegen mich gerichtet ist. Mir ist heiß, mein Herzschlag wird immer schneller, Schweiß tritt auf meine

Stirn. Ich bin erstaunt, wie intensiv meine körperlichen Reaktionen sind. Als wir das im Haus geübt haben, hatte niemand eine so heftige Reaktion. Ich versuche, mich zu beruhigen. Es ist nur eine Übung. Meine körperlichen Reaktionen werden schwächer, doch Schweiß rinnt mir die Schläfen hinunter. „Einen klaren Kopf behalten", ermahne ich mich. „Konzentriere dich auf den Ort und auf die Person", gebe ich mir selbst das Kommando. Ich atme tief ein und aus. Immer noch keine Ruhe und Klarheit in mir und meinem Kopf. Nochmals tief ein- und ausatmen. Langsam werde ich wieder Herr meiner Gefühle und bin etwas ruhiger. Ich versuche, mich in den Ort hineinzuspüren. Die Gänge sehen doch gleich aus. Woran soll ich erkennen, wo sich die Person befindet? Ich habe eine Idee. Ich laufe in Gedanken die Wege ab. Ich komme an der Gruppe vorbei, in meinen Gedanken so schnell, dass ich nicht wahrnehme, wer fehlt. Ich laufe in den linken Gang, der zu der kleinen Höhle mit dem Loch führt. Niemand. Zurück an der Gruppe vorbei, dann in den rechten Gang, der sich schlängelt. Wieder nichts. Zurück und weiter. Dann in den linken Gang, der immer enger wird. In meinen Gedanken kann ich auch in dem engen Gang schnell laufen. Ich sehe – und es ist tatsächlich so, als würde ich ihn mit meinen Augen sehen – Nomarik. Er lächelt und ich höre ein „gut gemacht". Plötzlich bin ich wieder, ohne dass ich es bewusst gesteuert hätte, mit meinem Bewusstsein auf dem Plateau. Der Schweiß ist getrocknet und auch mein Pulsschlag ist wieder normal. Ich schaue zu Hakimi, der mich aufmerksam anschaut. Er hat gemerkt, dass hier etwas vor sich ging.

Da es noch dauern wird, bis der Nächste kommt, setze ich mich und lass meinen Blick schweifen. Ich werde wieder ruhiger. Dann macht sich Angst breit. Wenn die

Wesen von dem anderen Stern kommen, wird es gefährlich werden. Wir müssen es alle schaffen, unsere Gefühle und körperlichen Reaktionen zu kontrollieren. Das wird eine echte Herausforderung. Schon die Übung allein war aufreibend. Hakimi holt mich mit einem Krächzen aus meinen Gedanken. Ich drehe mich nach ihm um und kann nichts Auffälliges entdecken. Dann kommt Nomarik aus der Höhle. Offensichtlich kann Hakimi spüren, wenn sich jemand nähert. Ich habe nicht so schnell mit Nomarik gerechnet, da er einen langen Weg hatte.

Ich schaue ihn an. Er ist immer noch sehr ernst. Er kommt auf mich zu, stellt sich sehr dicht vor mich und schaut mir tief in die Augen. „Ein Schweißausbruch am Tag reicht", denke ich mir, als ich merke, wie mir heiß und kalt gleichzeitig wird.

„Ich vertraue dir voll und ganz."

Ich spüre, dass dieser Satz große Bedeutung für ihn hat. Es fühlt sich für mich so an, als lege er sein Leben in meine Hände. Habe ich mich im ersten Moment geschmeichelt gefühlt, spüre ich jetzt die Verantwortung, die mit diesem Satz verbunden ist.

Ohne nachzudenken, kommt es aus meinem Mund: „Du kannst dich immer auf mich verlassen." Wir stehen noch einen Moment stillschweigend voreinander. „Geh jetzt zu den anderen", sagt er. „Du brauchst mein Amulett oder hast du eine Taschenlampe?" Wie blöd. Ich habe keine. Ich weiß noch nicht einmal, ob Karl oder Lena sie mitgenommen haben. „Nein", sage ich und verziehe das Gesicht.

„Das ist überhaupt nicht schlimm. Ihr werdet sowieso noch Amulette von uns bekommen, die sind viel praktischer als eine Taschenlampe."

„Ich fühle mich geehrt."

„Nimm für den Moment meins." Er nimmt die Kette von seinem Hals und legt sie mir um. Ich habe das Gefühl, vom Boden abzuheben, als das Amulett auf meiner Brust liegt. Ich fühle mich frei wie ein Vogel und stark und unverletzbar.

Als sehe Nomarik meine Regungen, erklärt er: „Das Amulett will mit Bedacht getragen werden. Es schützt und stärkt dich und macht dich mutig. Man darf sich nicht zur Überschätzung und Leichtsinnigkeit verleiten lassen."

Das holt mich auf den Boden der Realität zurück. Ich hatte mich unendlich stark gefühlt und den Eindruck, dass ich von dem Plateau springen und fliegen konnte.

„Geh jetzt", sagt er zärtlich.

Als ich auf die Gruppe stoße, fehlt Lena. So geht es reihum, so dass jeder einmal auf dem Plateau war. Durch die längeren Wege ist die Übung recht zeitintensiv. Karl ist der Letzte, der draußen ist. Kamino ist sein Partner. Als er sich auf den Weg machen will, fliegt Hakimi auf seine Schulter. Ich bin erstaunt, da er am liebsten bei mir ist oder ab und zu zu Karl oder Lena geht. Das ist ein großer Vertrauensbeweis.

„Bist du einverstanden, dass Hakimi dich begleitet?", frage ich Kamino. „Natürlich, gerne kann er mitkommen", antwortet er. Erst jetzt fällt mir ein, dass wir Hakimi in die Übungen mit einbeziehen könnten. Wie oft schon habe ich gemerkt, dass er Kommandos verstanden hat, bevor ich sie überhaupt ausgesprochen habe. Er kann sich in den Gängen schneller bewegen als wir. Dadurch könnte er uns eine Hilfe sein. Ich werde es den anderen vorschlagen. Karl ist mit der Taschenlampe nach draußen gegangen. Als Kamino wieder zu uns stößt, verlassen wir gemeinsam die Höhle.

Auf dem Plateau ruhen wir uns erst einmal aus. Die Übung hat sehr lange gedauert. Hakimi erhebt sich gleich in die Lüfte. Als wir uns wieder frischer fühlen, setzen wir uns in einen Kreis und jeder berichtet. Alle konnten erkennen, wer sich wo und mit welcher Absicht versteckt hat.

„Ihr seid sehr begabt", sagt Menarina. „Wir sind jetzt gut vorbereitet. Wir müssen noch Nomariks Plan besprechen und dann können die fremden Wesen kommen."

Mit Nomariks Amulett, das ich immer noch trage, habe ich in der Tat das Gefühl, dass ich auf alles vorbereitet bin. Die anderen müssen das Amulett an mir gesehen haben, doch niemand macht eine Bemerkung dazu.

„Wir könnten die Gedankenübertragung auch mit Hakimi üben", schlage ich vor. „Kamino, da Hakimi zu dir geflogen ist und dich begleiten wollte, als du in den Gang gegangen bist, könntest du es als Erster versuchen."

„Einverstanden, das mache ich gern", antwortet er. „Da Hakimi gerade nicht da ist, könntest du ihn bitten, sofort hierherzukommen", schlage ich vor.

Kamino äußert gedanklich die Bitte, und es dauert keine zehn Sekunden und Hakimi kommt angeflogen. Und er setzt sich auf seine Schulter. Das hat er bisher nach einem langen Flug noch nie getan, und das ist für mich der Beweis, dass er nicht zufällig gekommen ist, sondern Kaminos Bitte verstanden hat.

„Super", sage ich freudestrahlend zu ihm gerichtet. „Hakimi, du bist ein schlauer Vogel, das hast du gut gemacht." Hakimi flattert hoch und setzt sich dann auf das Plateau und beäugt uns.

Wir belassen es bei dieser Übung und treten den Rückweg an. Hakimi fliegt manchmal neben uns her und manchmal lässt er sich auf meiner Schulter nieder. Mit Nomariks Amulett fühle ich mich stark und beschwingt. Vielleicht ist es unhöflich, dass ich ihm das Amulett nicht von mir aus zurückgebe. Aber ich denke, wenn er es haben will, wird er schon etwas sagen.

Karl, Lena und ich sprechen ein wenig über dies und das. Ich finde es komisch, hier über Schule, Hobbys oder irgendwelche Dinge zuhause zu reden. Das kommt mir so weit weg vor. Und zu meinem Erstaunen stelle ich fest, dass ich überhaupt kein Heimweh habe.

Nomarik, Kamino und Menarina unterhalten sich in ihrer Sprache. Aber auch sie scheinen sich nicht über wichtige Themen auszutauschen. Wir alle haben das Bedürfnis, uns von der kommenden Bedrohung abzulenken. Als wir nach dem langen Weg zu dem geheimen Gang zum Haus kommen, schlägt Nomarik vor: „Lasst uns den Gang nehmen. Es ist zwar noch hell, aber mir scheint es besser, wenn uns keiner sieht."

„Geht mir auch so", antwortet Menarina. Nomarik schiebt die Platte zur Seite und wir springen in das Loch. Dann deckt er die Öffnung wieder ab. Als wir im Haus ankommen, sind wir alle erleichtert.

„Treffen wir uns etwa in einer Stunde im Meditationsraum", schlägt Nomarik vor und geht in ein Zimmer. Wir haben nicht das ganze Haus gesehen. Ich nehme an, dass es sein Zimmer ist. Auch Menarina und Kamino ziehen sich zurück.

Karl, Lena und ich gehen in unser Schlafzimmer. Ich schmeiße mich auf mein Bett. „Wir können stolz sein, die Übungen haben gut geklappt", sage ich.

„Ja", sagt Karl. „Ich hätte mir das nie vorstellen können. Ich dachte bisher, dass so etwas Hokuspokus oder Angeberei sei. Ich finde es total praktisch, über Gedanken zu wissen, wer sich wo befindet. Mich interessiert, ob wir auch den Ort von Fremden, die nicht wollen, dass wir ihren Ort kennen, erspüren können. Das würde uns sehr helfen, wenn die fremden Wesen kommen."

„Unsere Aufgabe muss aber eine andere sein, wir haben eine Fähigkeit, über die die anderen nicht verfügen. Ich habe immer noch keine Idee, was das sein kann."

„Ich bin schon aufgeregt", sagt Lena. „Stellt euch vor, uns würde etwas passieren. Für unsere Eltern wären wir dann spurlos verschwunden."

„Das wird nicht passieren, Lena", sage ich, um sie zu trösten, aber irgendetwas gibt mir das Gefühl, dass es so sein wird. Mir wird bewusst, dass ich noch immer Nomariks Amulett trage. Vielleicht erklärt sich dadurch mein Optimismus.

Ich schließe die Augen und nehme es in meine Hand. Erst fühlt es sich kalt an, doch mit der Zeit wird es wärmer. Von ihm geht eine Kraft aus, die sich wie schwacher elektrischer Strom anfühlt. Obwohl das eher belebend ist, merke ich, wie mich die Müdigkeit übermannt und ich einschlafe. Sanft werde ich von Lenas Stimme geweckt.

„Aufwachen, Manuk", sagt sie lächelnd. Ich lächle zurück und wundere mich, dass ich eingeschlafen bin. Verdutzt frage ich Karl und Lena: „Habt ihr auch geschlafen?"

„Ich habe über einen Plan nachgedacht", antwortet Karl. „Wir müssen uns zur Bewachung des Sees aufteilen. Es gibt fünf Gänge. Ich frage mich, ob jeder Gang bewacht werden sollte. Oder wäre es besser, wenn ein oder zwei Personen draußen Wache halten, um zu schauen, aus welcher Richtung die fremden Wesen kommen?"

„Darüber habe ich mir noch überhaupt keine Gedanken gemacht", gebe ich offen zu.

„Egal, welchen Plan wir haben, das Wichtigste ist, dass wir füreinander da sind und an unseren Erfolg glauben", sagt Lena.

„Da hast du vollkommen recht. Unsere Stärke liegt darin, dass wir als Team agieren und wissen, dass sich jeder auf den anderen verlassen kann." Mir fällt ein, was Nomarik mir am Nachmittag gesagt hat. „Wäre ich bereit, mein Leben für ihn, Karl, Lena, Menarina oder Kamino zu geben? Solche Fragen führen zu nichts", sage ich mir, um diese Gedanken zu verscheuchen. „Wer kann schon wissen, wie er sich in einer Situation auf Leben und Tod verhält. Gerne möchte ich glauben, mein Leben geben zu wollen", denke ich und umfasse Nomariks Amulett.

„Lasst uns gehen", treibt uns Karl an. Hakimi fliegt auf meine Schulter. „Ich gehe noch etwas trinken", sage ich zu Karl und Lena, „und komme dann nach." Als ich die Küche betrete, sehe ich Nomarik über den Tisch gebeugt stehen. Er schaut neugierig zu mir hoch. Ich bemerke, dass er ein neues Amulett trägt.

„Ich wollte noch etwas trinken und Hakimi Wasser geben", erkläre ich und schenke mir ein und gebe Hakimi Wasser auf ein Schälchen. „Du hast ein neues Amulett. Möchtest du deins nicht zurückhaben?", frage ich ihn.

„Behalte es an. Er ist mit viel Energie aufgeladen, die dir die notwendige Kraft geben wird."

„Und was ist mit dir?", frage ich. „Meinst du nicht, dass du auch Unterstützung brauchst?"

„Ihr seid die Unterstützung. Wenn ihr von der Erde bis hierhergekommen seid, dann kann das nur bedeuten, dass ihr eine besondere Aufgabe habt und jede Unterstützung für euch wichtig ist."

„Danke", sage ich. „Das ist sehr ehrenhaft von dir, denn Unterstützung wird wahrscheinlich jeder von uns brauchen." Jetzt sehe ich, über was sich Nomarik gebeugt hat. Es ist eine Zeichnung von der Höhle. „Hast du einen guten Plan?", frage ich ihn. Er schaut mich grinsend an. „Ich glaube, für das, was kommt, gibt es keinen guten Plan."

Ich bewundere Nomarik für seine Bescheidenheit und für seine Art, auch das Schlimmste noch mit Humor zu nehmen. Dieser unbeschreibliche Humor und der Frohsinn sind typisch für die Plejader. Ich bin mir sicher, dass er einen wohl überlegten Plan erstellt und keinen Aspekt unbeachtet gelassen hat.

Meinen Becher Wasser habe ich geleert und auch Hakimi ist fertig, denn er setzt sich auf meine Schulter. Nomarik kommt mit seiner Zeichnung um den Tisch herum und wir gehen gemeinsam zur Tür. Vor der Tür bleibt er kurz stehen und dreht sich zu mir um. Überrascht halte auch ich inne. Er schaut mich an, als wolle er etwas ergründen.

„Was ist?", frage ich. Er hüllt sich in Schweigen und geht weiter. Im Meditationsraum haben sich die anderen schon in einen Kreis gesetzt. Nomarik legt seine Zeichnung in die Mitte. Ich schaue mir den Verlauf der Gänge an und bin mir sicher, dass ich mich gut zurechtfinden werde.

„Lasst uns meditieren. Äußert für die Meditation den Wunsch, noch weitere Informationen über das bevorstehende Ereignis zu erhalten. Wir sammeln alle Informationen und beschließen dann einen Plan", schlägt Nomarik vor.

Alle nicken stillschweigend. Kamino gibt noch einige kurze Anweisungen zur Meditation. Schon nach wenigen Atemzügen herrscht eine besondere Stille im Raum. Nach einer Zeit höre ich Kaminos Stimme: „Kommt in eurem Tempo hier in den Raum zurück."

Nomarik sagt: „Ich fasse alle Informationen zusammen, die wir bisher erhalten haben und die ich noch empfangen habe. Falls ihr heute noch weitere Hinweise bekommen habt, dann nennt sie noch. Es kommen vier jüngere Wesen von Orion, zwei Männer und zwei Frauen. Sie wollen etwas in ihren Besitz bringen, das den Plejadern gehört. Es hat mit dem vorderen See zu tun. Es ist wichtig, dass sie dieses Ding nicht bekommen, weil es für die Plejader eine große Bedeutung hat. Karl, Lena und Manuk sind von der Erde gekommen, um uns zu unterstützen und weil sie eine Fähigkeit haben, über die wir nicht verfügen. Heute habe ich noch die Information erhalten, dass sie morgen kommen. Habt ihr noch weitere Hinweise?"

Menarina sagt: „Ich gehe auch davon aus, dass sie morgen kommen."

„Ich auch", fügt Kamino hinzu. Einen Moment lang ist es still. Noch eine Nacht und dann ist es so weit.

„Ich hatte einen Traum, in dem ich Soldaten gesehen habe und in einem See schwimme", sage ich.

„Auch wenn es ein Traum war und in Träumen Dinge manchmal verzerrt dargestellt werden, ist es ein wichtiger Hinweis. Es bestätigt, dass sie eine kriegerische Absicht haben und der See ihr Ziel ist", erklärt Nomarik.

„Wie ist euer Verhältnis zu den Orionbewohnern?", fragt Karl.

„Wir haben ein gutes Verhältnis zu ihnen und leben im Allgemeinen in friedlicher Koexistenz. Allerdings gibt es einige wenige Wesen auf Orion, die ihre eigenen Machtinteressen verfolgen. Bisher waren wir davon nicht betroffen. Sie galten eher anderen Bewohnern im Universum", erklärt Kamino.

„Gibt es denn viele andere Bewohner im Universum?",
sprudelt es gleich aus mir heraus.

Nomarik schaut mich aus den Augenwinkeln an und
wirft dann Kamino einen Blick zu. Damit wollte er ihm
wohl zu verstehen geben, dass er nicht zu ausführlich
antworten soll. Ich weiß, dass Nomarik es nicht mag,
wenn ich zu viele Fragen stelle.

„Ja, es gibt viele andere Bewohner in unserer Galaxie.
Sicherlich auch im ganzen Universum. Wir bewegen uns
vor allem in unserer Galaxie. Die Lebensformen sind
recht unterschiedlich", antwortet Kamino.

Mir geht durch den Kopf, dass unsere Galaxie, die
Milchstraße, etwa 200.000 Lichtjahre groß ist. Die
Plejaden mit einer Entfernung zur Erde von 400
Lichtjahren könnte man daher als Nachbarn bezeichnen.
Bei dieser Größenordnung ist es nur verständlich, dass
die Plejader vor allem die eigene Galaxie erkunden.

„Wenn ihr keine weiteren Informationen erhalten habt,
sollten wir jetzt unseren Plan besprechen", schlägt
Nomarik vor. Er breitet die Zeichnung des Felsens mit
den uns bekannten Gängen in der Mitte aus. „Da die
Orionbewohner sicherlich von ihrem Stern aus kommen,
werden sie höchstwahrscheinlich auf der Seite landen,
auf der auch Manuk, Karl und Lena angekommen sind.
Da wir uns sicher sind, dass sie es auf irgendetwas
abgesehen haben, was mit dem See zu tun hat, frage ich
mich, ob draußen ein Wachposten stehen sollte oder ob
wir uns alle um den See herum postieren."

„Ich finde einen Wachposten draußen wichtig. Da wir
nicht genau wissen, zu welcher Zeit die Orionbewohner
kommen, kann einer von uns die anderen warnen",
schlägt Kamino vor. „Außerdem wissen wir nicht, ob sie
den Eingang nehmen, der direkt zum See führt oder den
zur ersten Höhle."

„Das finde ich auch", fügt Menarina hinzu. „Um herauszubekommen, was die Orionbewohner suchen, wäre es gut, sie ungestört bis zum See vordringen zu lassen und dann zu beobachten, was sie dort zu finden erwarten. Es gibt fünf Gänge, die zur Höhle mit dem See führen. Jeweils eine Person sollte sich in einem Gang verstecken. So sind wir geschickt verteilt und können von allen Seiten angreifen; und falls es notwendig sein sollte, haben wir die Möglichkeit zu fliehen. Da die Orionbewohner mit vier Personen kommen, kann einer von uns, falls nötig, die Höhle verlassen. Außerdem können wir in einer Notsituation ein Signal an den Wachposten senden, der auf dem Felsen postiert ist. Daher sollte dieser die ganze Zeit draußen bleiben."

Ich bewundere Menarinas Sachverstand.

„Ich habe gesehen, dass es an der Seite des Sees, an der man nicht langgehen kann, einen Felsvorsprung gibt, der ein wenig in das Wasser hineinreicht. Dahinter ist eine kleinere Nische, vielleicht etwa zwei Meter breit. Ich könnte mich dort verstecken. Dann wäre noch jemand auf der Seite postiert, wo kein Weg langläuft. Allerdings wäre dann ein Gang unbewacht, aber der Weg, der ins Innere führt, bräuchte nicht unbedingt bewacht zu werden", schlage ich vor.

Nomarik schaut mich mit Bewunderung an. „Gute Idee, aber du müsstest bis dahin schwimmen", sagt er. „Kein Problem, ich bin eine gute Schwimmerin, allerdings müsste ich den Umhang in eine Tasche tun. Habt ihr so etwas wie wasserfeste Rucksäcke?", frage ich.

Nomarik, Kamino und Menarina schauen mich alle drei mit hochgezogenen Augenbrauen an. Offensichtlich ist die Bedeutung der Mimik nicht nur auf der ganzen Erdkugel gleich, sondern im wahrsten Sinne des Wortes universell. Und wenn nicht im ganzen Universum, so doch in der gesamten Galaxie.

„Schon gut, ich habe verstanden", antworte ich. „Ich kann unseren Rucksack nehmen, auch wenn er nicht wasserdicht ist."

„Dann haben wir schon zwei Posten festgelegt. Es sollte sich einer im Gang zur vorderen Höhle, einer hinter dem Wasserfall, einer im hinteren rechten Gang und einer im hinteren linken Gang verstecken. Die Bewachung des hinteren linken Ganges ist am wichtigsten, da dort der kürzeste Fluchtweg langgeht. Der Gang ganz auf der rechten Seite, der ins Innere der Höhle führt, bleibt frei", schlägt Kamino vor.

„Ich könnte mich in dem Gang postieren, der zur Eingangshöhle führt", meldet sich Lena zu Wort.

„Was haltet ihr davon, wenn ich hinter den Wasserfall gehe?", fragt Karl.

Nomarik, Kamino und Menarina schauen sich an. „Der Posten draußen ist einer der wichtigsten. Die Person muss unbedingt unsere Gedanken lesen können und schnell sein, falls Hilfe geholt werden muss. Jedoch braucht sie nicht so gut kämpfen zu können, da sie als Wachposten draußen nicht in Kämpfe verwickelt werden wird", sagt Kamino.

„Die schnellste bin wohl ich", entgegnet Menarina nicht ohne Stolz. „Nur schade, dass ich dann nicht mitbekomme, was in der Höhle passiert."

„Was?", kommt es wie aus einem Mund von Nomarik und Menarina.

„Du bist diejenige, die Gedanken nicht nur lesen kann, sondern ganz klare Bilder erhält", sagt Nomarik lächelnd. „Wahrscheinlich wirst du am Ende mehr gesehen haben, als jeder Einzelne von uns in der Höhle.

Du kannst dich hervorragend mit deinem Bewusstsein an andere Orte begeben und diese gut erkennen."

„Überzeugt", sagt Menarina.

„Dann nehme ich den hinteren rechten Gang", schlägt Kamino vor.

„Einverstanden, und ich den Gang zum hinteren linken Ausgang", erwidert Nomarik. „Und Karl, du postierst dich hinter dem Wasserfall und Lena im Gang zur Eingangshöhle. Da wir wie die meisten Plejader etwas wasserscheu sind, ist es gut, dass du hinter dem Wasserfall stehst."

„Könnt ihr denn schwimmen?", frage ich erstaunt.

„Wenn es nötig ist, können wir uns im Wasser vorwärtsbewegen, ohne unterzugehen", erklärt Kamino. Das hört sich für mich so an, als könnten sie nicht wirklich schwimmen. Dann bin ich die richtige Person für die Nische auf der anderen Seite des Sees. Meinen Posten hätten wohl Nomarik, Kamino und Menarina nicht übernehmen wollen. Nomarik scheint wie so oft meine Gedanken zu lesen. „Wenn du in Not bist oder Hilfe brauchst, werde ich ins Wasser springen und zu dir kommen. Mach dir keine Sorgen", sagt Nomarik zu mir gewandt. Ich bin mir sicher, dass er das tun würde, um mir zu helfen, selbst wenn er Gefahr laufen würde, unterzugehen. Ich schaue ihn voller Dankbarkeit an.

„Wir werden von unseren Positionen beobachten, was die Orionbewohner machen. Wenn wir eine Gefahr erkennen oder sie etwas tun, was uns oder unserem Stern schaden könnte, werden wir sie gemeinsam daran hindern. Wenn es nötig ist, werden wir kämpfen, auch wenn das nicht die Art ist, mit der wir gerne Probleme lösen", sagt Nomarik.

Alle nicken. „Wenn ich den Arm hebe, stürmen wir alle los. Ich schicke euch den Gedanken auch telepathisch, falls ihr mich nicht sehen könnt." An der Art, wie Nomarik dies sagt, erkenne ich deutlich, dass er körperliche Kampfhandlungen abstoßend findet.

„Wann sollten wir hier sein?", fragt Kamino.

„Da sich die Orionbewohner hier nicht auskennen, werden sie sicherlich nicht bei Dunkelheit hier landen. Wir sollten hier sein, wenn es anfängt, hell zu werden", schlägt Menarina vor. Wieder nicken alle.

„Ist es für euch in Ordnung, wenn Hakimi mit mir in die Höhle kommt?", frage ich. Er ist immer ganz leise und vielleicht kann er uns auch helfen. Alle stimmen zu, und Hakimi schaut zu mir, als er seinen Namen hört.

„Lasst uns noch eine kurze Abschlussmeditation machen. Morgen früh treffen wir uns für eine kurze Meditation und dann starten wir zur Höhle. Wir nehmen den Geheimgang. Karl und Lena, für euch habe ich noch ein Amulett. Es fängt automatisch an zu leuchten, wenn es dunkel ist. Außerdem hat es auch eine Schutzwirkung", erklärt Nomarik.

Karl und Lena hängen sich die Kette um. Ich kann keine besonderen Regungen bei ihnen sehen. Vielleicht sind diese neuen Amulette nicht so stark aufgeladen wie Nomariks. Kamino leitet die Meditation an, die uns gleichzeitig beruhigen und stärken soll. Danach gehen wir hoch in die Küche und bereiten das Essen vor. Als wir am Tisch sitzen, unterhalten sich Nomarik, Kamino und Menarina in ihrer Sprache und lachen. Ich bewundere wieder ihren Sinn für Humor. Selbst in schwierigen und angespannten Situationen finden sie etwas, worüber sie lachen können.

„Wir wollen nicht unhöflich sein", sagt Menarina, „aber manche Witze wären für euch überhaupt nicht lustig, deshalb haben wir in unserer Sprache gesprochen."

„Apropos Sprache. Falls wir zum Sitzungsgebäude des Rates der Weisen gehen müssen, um Hilfe zu holen, versteht dann das Mitglied des Rates der Weisen unsere Sprache?", frage ich.

„Ja, alle Mitglieder des Rates der Weisen verstehen eure Sprache wie auch zahlreiche andere Plejader. Bedenkt, dass ihr den Rat der Weisen auch gedanklich anrufen könnt. Wenn es einen Notfall gibt, ist das erlaubt. Da ihr den Kontakt über Gedanken mit dem Rat der Weisen nicht üben konntet, könnt ihr auch Menarina Informationen senden, und sie wird sie an den Rat der Weisen telepathisch weitergeben. Trotzdem geht auch zu dem Gebäude. Aber nur im Notfall. Wenn wir getötet werden könnten oder den Plejaden ein Schaden zugefügt werden könnte", erklärt Nomarik.

Da ich unbeabsichtigt der ausgelassenen Stimmung einen Dämpfer verpasst habe, möchte ich etwas Lustiges sagen, aber mir fällt nichts ein. Lena scheint das zu spüren und sagt: „Uns wird nichts passieren, wir sind doch nicht von der Erde bis hierhergekommen, um die Sache dann nicht hinzukriegen. Und danach machen wir Party oder feiert ihr hier auf den Plejaden nicht?"

Kamino schaut sie amüsiert an. „Nur keine falsche Bescheidenheit. Das gefällt mir. Ja, Partys machen wir hier auch, aber ein bisschen anders als bei euch."

„Wie denn?", fragt Lena gleich.

„Das wirst du dann sehen. Aber langweilen wirst du dich nicht, das kann ich dir jetzt schon garantieren", antwortet Kamino.

Wir wechseln das Thema und sprechen, um uns abzulenken, über belanglose Dinge. So verbringen wir eine entspannte Zeit beim Abendessen. Dann sagt Menarina: „Lasst uns ins Bett gehen, ich wecke euch morgen früh." Wir räumen alles weg. Hakimi hat seinen Teller wieder leergeputzt.

Beim Hinausgehen schaut mich Nomarik lange und intensiv an, als wolle er mir sagen: „Ich weiß, du schaffst es. Mach dir keine Sorgen." Ich glaube nicht, dass die Verantwortung allein auf mir lastet. Wir sind sechs Personen. Oder weiß er mehr als ich? Ich lächle ihn an und nicke ihm kaum merklich zu. Wir verabschieden uns alle und jeder geht in sein Zimmer.

Als wir drei in unserem Schlafzimmer ankommen, schmeißen wir uns aufs Bett. Jetzt kommt die Müdigkeit des Tages hoch. Jeder wäscht sich kurz und legt sich dann zum Schlafen hin. Unter meiner Decke halte ich das Amulett umschlossen. Plötzlich taucht Nomarik vor meinem geistigen Auge auf und schaut mich fragend an.

„Oh, bitte entschuldige, ich wollte dich nicht stören. Schlaf gut." Dann verschwindet das Bild. Durch das Amulett sind wir offensichtlich ganz eng verbunden. Das ist sehr gut. Mir wird bewusst, wie wichtig Gedanken sind, wenn Wesen sich so einfach auf Bewusstseinsebene verbinden können.

Ich merke noch, wie still die anderen atmen, und schlafe mit einem Lächeln ein.

Tag 5 – Der Kampf am Höhlensee

Am nächsten Morgen braucht uns keiner zu wecken. Vor lauter Aufregung sind wir von alleine wach geworden. Ich höre, wie Karl und Lena leise sprechen, und bleibe noch einen Moment still in meinem Bett liegen. Ich bete nicht regelmäßig, doch an diesem Morgen bitte ich Gott und alle Schutzengel, uns zu beschützen.

Ich gehe in Gedanken unseren Plan durch. Wie wird es uns heute Abend gehen? Werden wir verletzt sein? Werden wir erfolgreich gewesen sein? Werden wir Hilfe brauchen oder es alleine schaffen? Viele Fragen gehen mir durch den Kopf.

„Zweifel und Verzagtheit bringen uns nicht weiter", sage ich zu mir selbst. Mit einem Ruck stehe ich auf und begrüße Karl und Lena mit fester und zuversichtlicher Stimme. Sie gucken mich erstaunt an, weil sie mich als Morgenmuffel kennen. Aber selbst ein Morgenmuffel kann sich an einem solchen Tag nicht noch nach dem Aufwachen im Bett herumlümmeln.

Ich nehme unseren Rucksack und eine Trinkflasche. Er ist nicht besonders groß. Hoffentlich bekomme ich den Umhang gut hinein. Es würde kein Vergnügen sein, den ganzen Tag mit nasser Kleidung herumzulaufen oder gar herumzusitzen. Ich packe ein T-Shirt ein, damit ich mein nasses Unterhemd wechseln kann.

Ich umfasse Nomariks Amulett. Es fühlt sich an, als würde ein leichter elektrischer Strom durch meinen Körper laufen. „Wir werden es schaffen", denke ich. „Ich werde es schaffen, was auch immer meine Aufgabe sein wird."

„Wollen wir nach unten gehen?", fragt Lena. „Ich bin fertig", antwortet Karl. „Ich auch." Hakimi kommt auf meine Schulter geflogen. Als wir im Flur sind, hören wir aus der Küche Stimmen, so dass wir dorthin gehen. Mit einem „guten Morgen" begrüßen uns Nomarik, Kamino und Menarina. „Möchtet ihr etwas trinken?", fragt Kamino. „Frühstücken werden wir heute nicht. Ihr könnt euch etwas einpacken."

„Ich kann mir nicht vorstellen, dass ich heute ans Essen denken werde. Außerdem möchte ich so wenig wie möglich mit mir herumschleppen" antworte ich. Karl und Lena geht es genauso. Nomarik packt etwas unter seinen Umhang. „Ich nehme Karatimuno mit", sagt er. Kamino und Menarina nicken.

„Was ist das?", frage ich. „Es ist eine Flüssigkeit, die aus einer besonderen Heilpflanze gewonnen wird. Sie stärkt Körper, Geist und Seele. Auch wenn eure Körper anders aufgebaut sind als unsere, wird es euch helfen. Es unterdrückt auch Hungergefühle", antwortet Nomarik.

„Woher wisst ihr, dass die Flüssigkeit uns stärkt?", frage ich.

„Wir wissen es von gemeinsamen Missionen mit Menschen", antwortet er.

„Waaaaas?", bricht es aus mir mit heraus. „Ihr habt gemeinsame Missionen mit Menschen? Wie denn das?"

„Informationen bekommen wir nur häppchenweise", geht es mir durch den Kopf. Als Nomarik erzählt hat, dass die Plejader in Kontakt mit Menschen stehen, hat er keine gemeinsamen Missionen erwähnt. Ich bin gespannt, was wir noch alles erfahren werden.

„Deine Frage werde ich dir ein anderes Mal beantworten. Jetzt sollten wir uns auf unsere Aufgabe konzentrieren", antwortet Nomarik.

„Da hast du recht", antworte ich, auch wenn ich zu gern gewusst hätte, was das denn für gemeinsame Missionen mit Menschen sind. Ich sehe an Kaminos und Menarinas Gesichtern, dass sie erstaunt sind, dass Nomarik mir meine Frage überhaupt beantwortet hat. Da er auf ein Stärkungsmittel nicht verzichten möchte, hält er die Gefahr heute offensichtlich für groß.

„Ich habe etwas für Hakimi vorbereitet", sagt Menarina und stellt ihm eine Schale mit Paste und Wasser in seine Nische. Da zögert Hakimi nicht und fliegt gleich in seine Ecke und frisst genüsslich.

„Habt ihr noch Fragen? Weiß jeder, was zu tun ist?", will Nomarik wissen. Er wirkt wie die Ruhe selbst. Ich merke, wie mein Herz vor Aufregung schneller schlägt. „Alles wird gut", ermahne ich mich.

„Ich weiß, was zu tun ist", antworte ich.

„Ich freue mich schon auf meinen etwas feuchten Platz hinter dem Wasserfall", flachst Karl.

„Keine Fragen", antwortet Lena. Nachdem wir etwas getrunken haben und Hakimi sein Essen verzehrt hat, gehen wir nach unten.

Die Meditation findet heute im Stehen statt. Im Grunde ist es weniger eine Meditation als eine Art Ritual zur Stärkung unseres Mutes und unserer Zuversicht. Nomarik, Kamino und Menarina murmeln einige Sätze in ihrer Sprache, die eine starke Wirkung auf uns haben, auch wenn wir die Bedeutung nicht verstehen. Zum Schluss schaut jeder den anderen der Reihe nach an. Es ist eine stillschweigende Zusicherung, für den anderen da zu sein. Mir fällt auf, wie kraftvoll es ist, zu wissen, dass man, was immer auch kommt, nicht alleine ist.

Dann starten wir. Nomarik lugt aus der Tür. So früh am Morgen ist noch niemand unterwegs. Leise verlassen wir das Haus. Hakimi sitzt wie immer unter meiner

Kapuze. Ich frage mich, warum wir nicht, wie geplant, den Geheimgang nehmen, halte aber meine Frage zurück, weil es mir jetzt nicht passend erscheint. Stillschweigend gehen wir zum Felsen. Beim Eingang zur Höhle bleiben wir alle stehen.

„Menarina, du wirst etwa eine Stunde brauchen, bis du auf dem Gipfel bist. Da wir schneller am See sein werden als du auf dem Gipfel, werden wir noch eine Zeit hierbleiben. Gibt uns ein Signal, wenn du oben bist und natürlich auch, wenn dir sonst etwas auffällt", sagt Nomarik.

Habe ich am Anfang gedacht, dass Menarina im Vergleich zu uns eine eher langweilige Aufgabe hat, geht mir jetzt auf, dass das Gegenteil der Fall ist und die Besetzung des Postens mit ihr zeigt, wie stark sie ist und wie viel Vertrauen Nomarik und Kamino zu ihr haben. Sie wird im Gegensatz zu uns die ganze Zeit allein sein, und wenn ihr etwas zustößt, ist keiner von uns in unmittelbarer Nähe. Es könnte ja sein, dass die Fremden sie von ihrem Raumschiff aus sehen und sie beschießen oder versuchen, sie gefangen zu nehmen.

„Wird gemacht", antwortet Menarina in einem etwas flapsigen Ton, um vielleicht der Situation die Anspannung zu nehmen.

Kamino und Nomarik stellen sich vor Menarina auf und schauen ihr einige Minuten fest in die Augen. Dann postieren sie sich rechts und links von ihr und heben die Arme leicht. Sie scheinen Menarina aufzuladen oder sich aufeinander einzustimmen. Ich kann nicht genau erkennen, was passiert, aber ich spüre, dass es sehr kraftvoll ist. Mir fällt auf, dass die Plejader viel über die Augen miteinander kommunizieren.

Nach einigen Minuten nicken sich die drei kaum merklich zu. Menarina sagt zu uns gerichtet: „Danke, dass ihr uns helft. Wir werden es schaffen." Dann dreht sie sich um und beginnt, den steilen Felsen hochzuklettern. Wir rufen ihr zusammen noch „viel Glück" hinterher.

Wir stehen eine Weile da und schauen ihr nach, bis sie aus unserer Sichtweite verschwindet. Ich lasse den Blick über die Weite der Steppenlandschaft schweifen. Nicht weit von hier sind wir gelandet. Wann war das? Vor vier Tagen oder vor fünf Tagen? Auf mein Zeitgefühl ist im Moment kein Verlass mehr.

„Habt ihr schon mit Orionbewohnern zu tun gehabt?", frage ich Nomarik und Kamino. „Meine Eltern haben schon einiges über sie erzählt, aber ich selbst habe noch keinen persönlichen Kontakt gehabt", antwortet Nomarik.

„Ich hatte auch noch keinen direkten Kontakt", entgegnet Kamino.

„Ich weiß von meinen Eltern, dass sie im Allgemeinen friedlich sind. Ihr würdet vielleicht sagen, dass sie bodenständiger sind als wir und nicht in anderen Sphären schweben. Sie haben eine andere Energie als wir. Sie sind grundsätzlich kämpferischer orientiert und in ihrer Art vielleicht euch ähnlicher. Ich will damit nicht sagen, dass ihr auf der Erde alle kämpferisch seid. Äußerlichkeiten und Materielles spielen eine große Rolle auf der Erde. Und so ist es auch bei einigen Orionbewohnern", erklärt Nomarik.

„Ich verstehe", erwidere ich. „Ich danke dir für die ausführliche Beschreibung. Das kann uns später helfen."

„Eine extrem ausführliche Antwort für Nomariks Verhältnisse", geht es mir durch den Kopf. Vielleicht hat er gedacht, dass wir mit einem klareren Bild von den Orionbewohnern besser vorbereitet sind.

„Habt ihr noch Fragen?", möchte Kamino wissen. Ich schaue Karl und Lena an, die mit dem Kopf schütteln.

121

Auch mein Wissensdrang ist gestillt. „Dann lasst uns jetzt gehen", schlägt Nomarik vor. „Hals- und Beinbruch", sagt Lena und schaut uns grinsend an. Der Humor der Plejader hat auf sie abgefärbt. Nomarik und Kamino schauen sie mit hochgezogenen Augenbrauen. „Das ist so eine Redensart bei uns", erklärt Lena. „Es bedeutet viel Glück."

„Wer in guter Absicht handelt, hat das Glück auf seiner Seite", antwortet Nomarik. Wir springen wieder durch das Loch und gehen die Schräge hinab. Alle Amulette leuchten. Ich umschließe meins kurz mit meiner Hand und spüre seine kraftspendende Energie. Hakimi, der die ganze Zeit still und leise auf meiner Schulter gesessen hat, fliegt einige Runden durch die Höhle. Als wir am Gang ankommen, der zum See führt, kommt er zu mir.

„Braver Hakimi, auf dich ist Verlass", sage ich zu ihm. Dann startet er und fliegt vor uns durch den Gang. Die Enge scheint ihn nicht zu stören. Kurz bevor wir den See erreichen, kommt er wieder zu mir geflogen. Friedlich glitzernd erstreckt sich der See vor uns. Wir halten einen Moment inne und bewundern das funkelnde Licht, das von ihm ausgeht.

„Lasst uns mit Menarina Verbindung aufnehmen", schlägt Nomarik vor. Wir stellen uns in einen Kreis und versuchen unseren Geist zur Ruhe zu bringen.

Ich spüre ihre Zuversicht und ihren Elan. „Wo bist du und was hast du für Informationen für mich?", frage ich sie telepathisch und erhalte prompt die Antwort: „Ich bin kurz vor dem Gipfel. Es fängt langsam an hell zu werden. Ich habe einen guten Überblick über die Landschaft, aber es befinden sich weder ein Raumschiff noch Fremde in Sichtweite."

„Danke", übermittele ich ihr telepathisch. Dann bin ich mit meiner Aufmerksamkeit wieder in der Höhle. Wir tauschen uns über unsere Wahrnehmungen aus und stellen fest, dass wir alle die gleiche Botschaft erhalten haben.

„Die Kommunikation funktioniert sehr gut", sagt Nomarik zufrieden. „Es kann noch länger dauern, bis die Fremden kommen, aber wir sollten trotzdem schon unsere Positionen einnehmen. Manuk, schwimm du zu dem Felsvorsprung an der anderen Seite des Sees. Wenn du dort angekommen bist, dann gehen wir zu unseren Plätzen."

Etwas abseits ziehe ich den Umhang und meine Kleidung aus und stecke sie in den Rucksack. Das Amulett lasse ich an. In Unterwäsche begebe ich mich langsam in den See. Das Wasser ist kühl und erfrischend. Es ist wunderbar, in diesem glitzernden See zu sein. Er hat eine magische Kraft. Ich fühle mich frisch und energiegeladen. Ich kann nicht widerstehen und tauche mit dem ganzen Körper unter. Es ist ein belebendes Gefühl. Das Wasser prickelt auf meiner Haut. Ich fühle mich vollkommen verbunden mit dem Wasser. Frei und glücklich, als gebe es weder Raum noch Zeit. Dann tauche ich wieder auf. „Die Kleidung im Rucksack ist jetzt bestimmt nass", geht es mir durch den Kopf. Das war es wert. „So etwa fühlen sich Delfine, wenn sie Pirouetten über dem Wasser drehen", denke ich und schwimme langsam weiter, bis ich den Felsvorsprung erreiche. Einen Moment bleibe ich noch im Wasser, weil es sich wunderbar anfühlt. Dann schaltet sich meine Vernunft ein: „Du bist nicht zum Baden hier." Mit einem Satz springe ich auf den Felsvorsprung. Hakimi sitzt schon in der Nische hinter dem Plateau. Für einen Moment hatte ich ihn ganz vergessen. Im Grunde hatte ich alles für einen Moment vergessen. Mit einer tiefen Ruhe ziehe ich meine Kleidung an. Sie ist nicht so nass, wie ich befürchtet hatte. Dann schaue ich zu den anderen hinüber und winke. Nur Karl und Lena winken zurück. Winken scheint keine typische Geste der Plejader zu sein. Dann trifft mich eine Art Windböe und ich falle mit dem Oberkörper leicht nach hinten. Ich schaue zu den anderen hinüber. Nomarik guckt genau in meine Richtung. Ich bin mir sicher, dass dieser Wind von ihm kam. Was war das? Was soll das bedeuten? Ich bin etwas ungehalten, weil mich diese Böe so überraschend getroffen hat.

Dann bekomme ich unversehens die Antwort: „Wir sind verbunden, ich bin bei dir und ich beschütze dich." Das zaubert mir ein Lächeln ins Gesicht und Wärme durchströmt meinen ganzen Körper. „Ich bin für euch da und ich werde euch nicht enttäuschen." Diese Gedanken sende ich Nomarik.

Ich sehe, wie sich die anderen umdrehen. Lena nimmt ihre Position in dem Gang ein, durch den wir gekommen sind. Karl versteckt sich hinter dem Wasserfall. Nomarik und Kamino gehen an dem See entlang. Kamino geht zum halbrechten Gang und Nomarik zum linken. Jetzt haben wir alle keinen Blickkontakt mehr.

Ich setze mich hinten in die Nische und verspüre Hunger. „Wie kannst du jetzt nur ans Essen denken", ermahne ich mich. Das Schwimmen durch den See hat mir so viel Ruhe und Gelassenheit gegeben, dass ich mich entspannt wie bei einem Badeurlaub fühle und nicht wie kurz vor einer Invasion von fremden Wesen. Ich nehme einen kleinen Schluck Wasser.

Hakimi kommt auf meine Schulter geflogen und scheint mich zu fragen, ob er herumfliegen darf.

„Flieg noch ein bisschen, wir werden noch länger hier sitzen." Er setzt zum Flug an und fliegt hinüber zu Lena. Vielleicht spürt er, dass es ihr helfen wird, etwas Gesellschaft zu haben.

Auf einmal geht ein Ruck durch meinen Körper. Menarina nimmt Kontakt zu mir auf.

„Ich sehe ein Raumschiff, es ist grau, hat eine ovale Form und ist nicht besonders groß. Es ist gerade gelandet, etwa da, wo ihr angekommen seid. Jetzt öffnet sich eine Luke und vier Personen steigen aus. Sie sind zu weit weg, als dass ich sie genau erkennen kann. Oh, plötzlich ist das Raumschiff nicht mehr zu sehen."

Ich schicke meine Frage telepathisch an Nomarik, Kamino, Karl und Lena: „Habt ihr die Nachricht von Menarina erhalten?" Ich bin mir sicher, dass sie sie auch empfangen haben, aber es schadet ja nichts, die telepathische Kommunikation zu üben.

Ich bekomme von allen ein klares „Ja". Von Hakimi keine Spur. Ich frage Lena per Gedankenübertragung, wo er ist. „Er ist in den Gang zur anderen Höhle geflogen", antwortet sie mir telepathisch. „Wie denn das, es ist doch viel zu dunkel?", antworte ich. „Er hat so lange an meiner Kette gezupft, bis sie im Schnabel hatte, dann ist er weggeflogen."

„Hakimi, du Eigenbrötler. Was führst du im Schilde?" Ich weiß, dass er uns helfen will. Das tun Haustiere instinktiv. Aber er hätte ja fragen können.

Dann spüre ich eine leichte Vibration, nicht so intensiv wie der Ruck vorhin. Es ist wieder Menarina. „Die vier nähern sich dem Felsen. Sie sehen eigenartig aus. Es sind vier Jugendliche oder junge Erwachsene, zwei Mädchen und zwei Jungen."

Dann bricht der Kontakt plötzlich ab. Liegt es an mir oder senden die Fremden etwas aus, was die Gedankenübertragung stört?

Ich frage Nomarik und bekomme von ihm die Antwort, dass auch er keinen Kontakt mehr hat. Wenigstens hier drinnen funktioniert die telepathische Kommunikation. Wenn sie den Eingang finden, werden sie in etwa einer halben Stunde hier sein, rechne ich mir aus.

„Alles okay bei euch?", sende ich meinen Gedanken zu Karl und Lena.

„Alles okay", kommt von beiden zurück.

Da noch Zeit bleibt, entschließe ich mich, einen Moment zu meditieren. Plötzlich fühle ich etwas an meiner Wange. Es ist Hakimi, der ganz aufgeregt ist. Er hat kein Amulett um. Auf einmal flattert er vor meiner Nase. So etwas hat er noch nie getan.

„Was machst du da Hakimi?", frage ich. Die Antwort kommt scheinbar aus dem Nirgendwo, aber sie muss von ihm sein: „Die Fremden haben den seitlichen Eingang zur ersten Höhle genommen und kommen durch den direkten Verbindungsgang hierher. Und sie können fliegen."

„Waaas? Sie können fliegen? Haben wir dann noch eine Chance, sie zu besiegen oder ihr Ansinnen zu unterbinden? Ich habe die Plejader noch nie fliegen sehen, und sie haben nie erzählt, dass sie das können. Was sollen wir nur tun? Die Orionbewohner können fliegen und wir nicht und wahrscheinlich die Plejader auch nicht." All diese Gedanken rasen durch meinen Kopf.

Von Nomarik höre ich: „Wir können nicht fliegen." Wie kann er schon die Antwort schicken, wo ich doch die Frage noch gar nicht telepathisch zu ihm geschickt habe? Und woher hat er die Information? Oder kann er auch mit Hakimi kommunizieren? Oder hat er sich in Gedanken zu uns gesellt und ist ein unsichtbarer Beobachter? Ich muss ihn später fragen. Es hat etwas Beruhigendes, dass er jederzeit zur Stelle ist.

Dann nehme ich Lena wahr: „Sie kommen, ich höre sie schon." Sie geht zu Karl und versteckt sich hinter dem Wasserfall. Wahrscheinlich hat Lena sie schon im Gang gehört und sich deshalb in Sicherheit gebracht. Und dann sehe ich sie. Ich habe den besten Blick von meiner Nische aus: Es sind zwei Jungen oder junge Männer und zwei Mädchen. Sie sehen aus wie Menschen, etwas breiter als wir. Sie, auch die Mädchen, sind angezogen wie römische Gladiatoren. Sie tragen eine Art Kleid, das bis zu den Knien reicht. Um die Taille haben sie einen breiten Gürtel und ihr Oberkörper ist mit einem Harnisch geschützt, der denen von Rittern ähnelt. Eine Mischung aus Gladiator und Ritter. Der Kopf ist mit einer Mütze bedeckt, die mit metallenen Seilen durchzogen sind. Eine Art Kettenhemd als Mütze. Mit dieser kriegerischen Ausstattung wirken sie bedrohlich, doch gleichzeitig scheinen sie mir nicht bösartig zu sein.

Am Eingang bleiben sie einen Augenblick stehen und schauen sich um.

Sie sprechen miteinander und zeigen in meine Richtung. Für einen Moment habe ich Angst, dass sie mich gesehen haben. Aber das ist nicht möglich, weil ich ganz hinten in der Nische versteckt bin. Sie gehen am Wasserfall vorbei um den See herum bis zum Ende des Weges und schauen in die zwei Gänge. Hoffentlich haben sich Nomarik und Kamino gut versteckt. Dann kehren sie zum Wasserfall zurück. Dort besprechen sie sich nochmals und blicken wieder in meine Richtung. Plötzlich fliegt einer der Orionbewohner über den See und schaut dabei aufmerksam nach unten, als würde er etwas suchen. Er landet wieder bei den anderen. Noch nie habe ich ein menschenähnliches Wesen fliegen sehen. Dann setzen alle vier zum Flug an und suchen gemeinsam den ganzen See ab.

Ich schicke diese Information an die anderen, die dies von ihren Positionen nicht sehen können. Ich bekomme eine Rückmeldung von allen, auch von Menarina, dass sie meine Nachricht erhalten haben. Glücklicherweise funktioniert der Kontakt zu Menarina wieder, was sehr beruhigend ist.

Nicht weit von mir entfernt, einige Meter vor dem Felsvorsprung, bleiben alle vier in der Luft stehen und zeigen nach unten. Sie haben offensichtlich etwas entdeckt. Sie fliegen wieder zurück zum Rand. Jetzt könnten die anderen sie gut überwältigen, aber dann würden wir vielleicht nie erfahren, was sie gesucht und wohl auch gefunden haben. Der Mann setzt erneut zum Flug an und taucht an der Stelle ein, an der alle vier etwas gesichtet zu haben scheinen, und dringt bis zum Boden vor.

Ohne nachzudenken oder telepathisch die anderen zu fragen, setze ich zum Sprung ins Wasser an und schwimme, so schnell es mir möglich ist, dorthin. Der Orionbewohner scheint unter Wasser so beschäftigt, dass er mich nicht gesehen hat. Er taucht auf und sieht mich. Panik macht sich in seinem Gesicht breit. Wieder taucht er unter zum Boden des Sees. In meiner Spontanität habe ich den Umhang nicht ausgezogen, was sich als großer Fehler erweist. Nur schwer komme ich im Wasser vorwärts. Ich schwimme bis zum Boden. Ich kann jedoch nicht erkennen, was er sucht. Scheinbar braucht er auch Luft wie ich, so dass wir zur gleichen Zeit wieder auftauchen. Dann taucht er wieder unter und ich ihm hinterher.

Jetzt sehe ich, wonach er gesucht und was er auch gefunden hat. Es ist ein Schlüssel aus Kristall. Kristall. Kein Wunder, dass ich den Schlüssel nicht sehen konnte. Ich versuche, ihm den Schlüssel abzunehmen. Es entsteht ein Kampf unter Wasser. Durch den Umhang bin ich nicht so flink. Außerdem ist der Orionbewohner breit und stark. „Wie kann er sich mit dem Harnisch nur so gut unter Wasser bewegen?", geht es mir durch den Kopf.

Auch wenn ich keine Zeit hatte, den anderen Informationen zu schicken, haben sie wohl mitbekommen, was hier läuft, und Kamino und Karl springen aus ihren Verstecken und wollen mir helfen. Das jedoch sehen die anderen drei Orionbewohner und zwei von ihnen fliegen mit hoher Geschwindigkeit auf sie zu und fliegen sie um. Die Wucht des Aufpralls ist so groß, dass Kamino und Karl am Boden liegen bleiben. Die beiden Orionbewohner bleiben bei ihnen stehen.

Ich ringe mit dem Orionbewohner, aber ich schaffe es nicht, ihm den Schlüssel abzunehmen. Ich habe versagt. Der Orionbewohner taucht auf und schwimmt mit dem Schlüssel zu dem Felsvorsprung. Ich versuche, ihm zu folgen, aber irgendetwas lähmt mich. Habe ich mich verletzt? Ich komme nicht von der Stelle. Was kann ich nur tun? Dann kommt es mir wie ein Geistesblitz. Ich bitte alle Wassergeister, mir zu helfen. Gibt es denn überhaupt Wassergeister auf den Plejaden? Und dann fällt mir ein: Die Plejaden sind in der griechischen Mythologie in den Himmel versetzte Nymphen. Wo soll es Nymphen geben, wenn nicht hier. Ich wundere mich, wie gut mein Verstand in dieser Notsituation funktioniert. „Bitte, bitte Nymphen, helft mir und helft den Plejadern."

Und plötzlich taucht auf dem Felsvorsprung eine Nymphe auf. Sie ist in ein weiß-goldenes Gewand gehüllt, das funkelt und glitzert wie der See. Ihr langes, blondes, wunderschön gewelltes Haar umhüllt ihren Körper.

Der Orionbewohner, der vom Kampf erschöpft ist, schwimmt weiter zum Felsvorsprung. Er hat die Nymphe noch nicht gesehen. Kurz bevor er ankommt, nimmt er sie wahr. Ich kann sein Gesicht nicht sehen, aber ich erkenne, wie sein Körper zuckt. Damit hat er nicht gerechnet.

„Liebe Nymphe, nimm dem Wesen den Schlüssel ab, bitte. Die Plejader müssen beschützt werden." Wie von Geisterhand landet der Schlüssel in der Hand der Nymphe. Ich bin immer noch wie versteinert und kann nur von hinten beobachten, was passiert.

„Danke, liebe Nymphe, behalte den Schlüssel." Die Nymphe guckt mich freundlich an, und ich bin glücklich, dass der Kampf gut für uns ausgegangen ist. Ich kann mich jedoch immer noch nicht bewegen.

Der Orionbewohner steht vor der Nymphe im Wasser und schaut sie an. Dann geschieht etwas Eigenartiges. Sie gibt dem Orionbewohner den Schlüssel.

„Was machst du da, Nymphe?" Doch ich erhalte keine Antwort. Dann höre ich Wasser spritzen und drehe mich um. Ich sehe, wie Nomarik zu mir geschwommen kommt. Ich bin ihm sehr dankbar, weil ich weiß, dass Plejader nicht gerne im Wasser sind. Zwei der Orionbewohner bewachen Kamino und Karl. Eines der Mädchen kommt über den See zu Nomarik geflogen. Er dreht sich um und macht eine Handbewegung. Ich sehe, wie die Orionbewohnerin zusammenzuckt und zurückfliegt. Was immer auch Nomarik gemacht hat, es war sehr wirkungsvoll.

Kurz sende ich die Mitteilung, dass noch alles in Ordnung ist, aber dass wir vielleicht Unterstützung brauchen, an Menarina sowie an Lena, die noch unentdeckt in ihrem Versteck hinter dem Wasserfall ist.

„Wir warten auf euer Kommando", nehme ich als Antwort wahr. Nomarik kommt zu mir geschwommen.

„Ich kann mich nicht bewegen", sage ich ihm. Er schaut mich genau an und legt seine Hand auf meine Schulter.

„Los schwimm zu ihm und nimm ihm den Schlüssel ab", sage ich ihm. Doch er schüttelt den Kopf. Er ist um mein Wohl stärker besorgt als um die Gefahr, die von dem Schlüssel in der Hand des Orionbewohners ausgeht. Ich fühle mich geschmeichelt und dann steigt Wut in mir auf. „Ich bin doch nicht hierhergekommen, um meiner Eitelkeit zu frönen. Wir müssen uns den Schlüssel holen", geht es mir durch den Kopf.

„Kümmere dich nicht um mich, hol den Schlüssel", sage ich harsch zu ihm. Doch Nomarik macht keine Anstalten, sich zu bewegen.

Ich sehe, wie der Orionbewohner den Schlüssel hochhält. Dann fällt ein Zacken von dem Schlüssel ab. Er dreht sich zu der Orionbewohnerin um, die Nomarik angreifen wollte und jetzt am Rand des Sees steht. Sie schüttelt nur mit dem Kopf. Er wendet sich der Nymphe zu, taucht den Schlüssel erneut ins Wasser und hält ihn wieder in die Luft. Dann bricht der zweite Zacken ab. Er dreht sich wieder um und schaut zu der Orionbewohnerin. Diese schüttelt mit einem Anflug von Verzweiflung mit dem Kopf. Er taucht den Schlüssel nochmals ein, hält ihn hoch und dann bricht der dritte und letzte Zacken von dem Kristallschlüssel ab. Die Orionbewohnerin gibt ihm hoffnungslos und traurig zu verstehen, dass es nicht funktioniert hat.

Daraufhin schmeißt der Orionbewohner den Schlüssel ins Wasser, schwimmt einige Meter nach vorne, springt heraus und setzt sich auf die Kante des Felsvorsprungs neben die Nymphe. Dort sitzt er vollkommen erschöpft und durchnässt. Dann bricht dieser starke, breitschultrige junge Mann in ein Schluchzen aus, das seinen ganzen Körper beben lässt. Er schluchzt und schluchzt und schluchzt. Wie ich ihn so sitzen sehe, kommt er mir nicht mehr bedrohlich oder gar kriegerisch vor.

Erst jetzt merke ich, dass Nomariks Hand immer noch auf meinem Körper liegt, jetzt an meinem Rücken. Ich kann mich wieder bewegen. Hat Nomarik das geschafft? Ich schaue ihn dankbar und zugleich ratlos an. Wir drehen uns zu den anderen um. Die beiden Orionbewohner stehen wie versteinert da. Kamino und Karl könnten sie jetzt leicht überwältigen. Doch im Moment scheint dies nicht notwendig.

Was immer sie geplant hatten, es hat nicht funktioniert. Sie sind am Boden zerstört und stellen keine Gefahr mehr dar. Der Orionbewohner sitzt immer noch auf dem Felsvorsprung und schluchzt. Die Nymphe hat seine Hand genommen.

„Nymphe, was machst du da? Hilf uns", bitte ich sie. „Ich helfe euch", bekomme ich von ihr als Antwort. So sieht es für mich nicht aus, aber ich vertraue ihr.

Nomarik und ich schauen uns an. Es ist offensichtlich, dass er nicht mehr lange im Wasser bleiben will. Die Dinge haben sich anders entwickelt, als wir gedacht haben. Ich nehme wahr, dass Nomarik Menarina und Lena per Gedanken mitteilt, dass im Moment keine akute Gefahr besteht, aber dass sie noch abwarten sollen.

„Lass uns zurückschwimmen", sagt Nomarik zu mir. Ich nicke und wir setzen uns in Bewegung. Mittlerweile sind auch Kamino und Karl aufgestanden. Die

Orionbewohner interessieren sich überhaupt nicht mehr für sie. Sie stehen still am Ufer und schauen auf den immer noch schluchzenden Orionbewohner, der bei der Nymphe sitzt.

Als wir am Ufer angekommen sind, drehe ich mich kurz um. Die Nymphe und der Orionbewohner sprechen miteinander. „In welcher Sprache sie sich wohl verständigen?", geht es mir durch den Kopf. Dann höre ich Hakimi in meinem geistigen Ohr. Er sendet mir eine Nachricht.

„Ich wollte sie retten, ich wollte sie retten und ich habe versagt." Hakimi versteht es nicht nur, mit mir zu kommunizieren, er versteht erstaunlicherweise auch die Sprache, in der der Orionbewohner und die Nymphe miteinander sprechen.

Dann übermittelt mir Hakimi noch telepathisch die Antwort der Nymphe: „Für alles gibt es eine Lösung. Sei nicht verzagt. Glaube an deine Stärke und die Gerechtigkeit. Dann wird alles gut."

Damit verschwindet sie. Hakimi, der seine Aufgabe nun als vollendet ansieht und keine Gefahr mehr wittert, kommt aus seinem Versteck zu mir geflogen. Ich sehe, wie sich die Orionbewohner erschrecken. „Vielleicht gibt es keine Vögel auf Orion", geht es mir durch den Kopf. Er landet auf meiner Schulter. Ich reibe meine Wange an seinem Kopf. „Gut gemacht Hakimi, du bist ein toller Kerl."

Der Orionbewohner, der sich etwas beruhigt hat, steht auf und setzt zum Flug an. Er landet neben dem Mädchen, das ihm immer ein Zeichen gegeben hat. Sie nehmen sich kurz in den Arm und schauen dann auf uns.

„Unsere Mission ist gescheitert", sagt der Orionbewohner tief betrübt in der Sprache der Plejader.

133

„Was wolltet ihr hier?", fragt Nomarik.

„Wir haben erfahren, dass es in diesem Felsen einen See gibt, auf dessen Grund ein Schlüssel aus Kristall liegt. Mit diesem Schlüssel hat man drei Wünsche frei."

Kamino übersetzt leise für uns. Nomarik und Kamino schauen sich an. Das haben sie nicht gewusst. Wie kann es sein, dass die Orionbewohner davon erfahren haben und unsere plejadischen Freunde das nicht wussten?

„Aber meine Wünsche gingen nicht in Erfüllung."

„Was waren deine Wünsche?", fragt Nomarik.

Der Orionbewohner schaut die anderen drei an, als ob er wissen wolle, ob er das erzählen darf. Dann fährt er fort: „Meine jüngere Schwester ist heimlich mit meinen Eltern auf einer Weltraumreise gewesen. Obwohl sie jung ist, beherrscht sie es, sich unsichtbar zu machen. Das ist eine besondere Gabe, die nicht alle haben. Sie ist auf einem anderen Stern heimlich mit an Land gegangen. Dort wurde sie verhext. Sie kann kaum noch laufen, ihr Körper ist entstellt und sie kann nicht mehr sprechen. Sie hat sich nicht getraut, unseren Eltern zu erzählen, was passiert ist. Sie sind verzweifelt.

Dann haben wir uns daran erinnert, dass meine Eltern einmal darüber gesprochen haben, dass es hier bei euch einen Schlüssel gibt, der so viele Wünsche erfüllt, wie er Zacken hat. Aber es hat nicht funktioniert."

„Woher wisst ihr das?", fragt Nomarik.

„Meine Schwester", und zeigt auf das Mädchen, das die ganze Zeit am Rand des Sees stand und ihm Zeichen gegeben hat, „hat mit ihr telepathisch Kontakt gehabt. Es hat sich überhaupt nichts geändert." Er sieht aus, als würde er gleich wieder in Schluchzen ausbrechen.

Wie aus dem Nichts taucht die Nymphe am Ufer des Sees neben uns auf. Sie sitzt am Uferrand und schaut zu uns hoch.

„Das ist der Grund, warum ich ihm den Schlüssel gegeben habe. Ich helfe den Menschen, wenn sie mich rufen. Der Orionbewohner hätte mich nicht rufen können. Ich habe gesehen, dass seine Absichten ehrenwert waren und er euch nicht bedrohen wollte. Daher habe ich ihm den Schlüssel gegeben. Wisse Manuk, dass ich dir immer zur Seite stehen und deinem Ruf folgen werde. Verstehe, dass du geschützt warst und ich Mitgefühl mit diesem Orionbewohner hatte." Kaum hat sie den Satz zu Ende gesprochen, ist sie wieder verschwunden. Wie in Luft aufgelöst.

Ich merke, wie in mir Tränen aufsteigen. Es hat so gutgetan zu hören, dass sie immer für mich da ist. Und vor allem, dass sie mich nicht im Stich gelassen hat. Jetzt verstehe ich, warum sie mir erst geholfen und dann dem Orionbewohner den Schlüssel gegeben hat.

Durch diese Pause hatte der Orionbewohner Zeit, sich zu fassen.

„Dürft ihr denn schon Weltraumreisen machen? Ihr seht noch recht jung aus", wendet Kamino ein.

„Da hast du recht. Wir sind noch jung und machen erste Weltraumreisen zu nahe gelegenen Sternen. Von unserem Vorhaben, hier zu landen und nach dem Schlüssel zu suchen, haben wir keinem etwas erzählt. Wir hatten Angst, dass wir nicht die Erlaubnis dazu bekämen, und außerdem wollten wir meine Schwester nicht verraten, die tief betrübt ist, weil sie so entstellt ist und weil sie unsere Eltern hintergangen hat."

„Wie heißt ihr?", fragt Nomarik.

„Ich bin Oramin und das ist mein Freund Roka. Dort", und er zeigt auf das Mädchen, das ihm Zeichen gegeben hat, „ist meine Schwester Omike und ihre Freundin Emana." In diesem Moment nimmt Omike ihre mit metallenen Fäden durchzogene Mütze ab, die ihr weit ins Gesicht reichte.

Zum Vorschein kommen leuchtende, blonde Haare, die ihr bis weit über die Schultern reichen. Nun ist auch ihr ausdrucksstarkes Gesicht nicht mehr versteckt. Sie hat markante Gesichtszüge, die sie forsch, beinahe schon etwas männlich erscheinen lassen, wobei sie gleichzeitig durch ihre lieblichen Augen und ihre langen blonden Haare etwas Engelhaftes hat.

Mir fällt auf, dass Nomarik sie intensiv mustert. Ich merke, wie Eifersucht in mir aufsteigt. „Wie blöd ist das denn? Warum bin ich jetzt eifersüchtig? Ich werde Nomarik vielleicht nie wieder sehen. Und falls doch, er ist ein Plejader und ich bin ein Mensch." Das alles sagt mir mein Verstand, aber meine Gefühle lassen sich nicht zähmen.

Dann dreht sich Nomarik zu mir um und schaut mich an. Schon wieder habe ich den Eindruck, dass er meine Gedanken gelesen hat. Ihm ist klar, dass ich weiß, dass es so ist. Das erkenne ich an seinem verschmitzten Gesichtsausdruck. Er fixiert mich, und es strahlt aus seinen Augen, dass es von Kopf bis Fuß durch meinen Körper kribbelt. Ich kann meinem Drang, mich ihm zu nähern, gerade noch widerstehen. „Außerdem sind wir nicht allein", geht es mir durch den Kopf. Als ich wieder zu den anderen schaue, fällt mir auf, dass sie uns gar nicht anstarren. Mir kommt es vor, als hätten wir uns minutenlang ausgeklinkt. Aber das hat offensichtlich nicht ihre Aufmerksamkeit auf uns gelenkt.

„Lasst uns nach draußen gehen", schlägt Nomarik vor. Oramin schaut seine Begleiter an, die zustimmend nicken. Wir sind uns sicher, dass wir den Orionbewohnern trauen können, und senden Menarina und Lena diese Botschaft. Daraufhin kommt Lena hinter dem Wasserfall hervor.

Oramin mustert sie intensiv. Bisher hat noch keiner nach uns gefragt. Ob die Orionbewohner wissen, dass wir Menschen sind. Vielleicht hält Nomarik die Information mit Absicht zurück, um uns zu schützen.

Ich nehme Lena in den Arm. Ich bin so froh, sie zu sehen. Wir gehen zurück zu der anderen Höhle. Dort nehmen wir den Gang, durch den die Orionbewohner gekommen sind. Am Ausgang klettern wir den Felsen schräg hinunter. Nach einiger Zeit kommen wir zu einem kleinen Plateau, das geschützt ist und genug Platz für uns alle bietet. Hakimi, den ich schon längere Zeit nicht mehr gesehen habe, kommt angeflogen und setzt sich auf meine Schulter. Stolz schüttelt er seinen Schnabel, in dem er Lenas Kette mit dem Amulett trägt.

„Oh, guter Hakimi. Wo du die Kette verloren und wiedergefunden hast, wird wohl dein Geheimnis bleiben. Gut, dass sie da ist. Und danke, lieber Hakimi, dass du uns geholfen hast", sage ich.

Ich gebe sie Lena zurück, die sie sofort um ihren Hals hängt. „Schlauer Hakimi, es ist ein Wunder, dass du sie von meinem Hals abbekommen hast", sagt Lena. In der Aufregung habe ich es nicht gemerkt. Dann erhebt sich Hakimi in die Lüfte.

Als wir uns alle auf das Plateau gesetzt haben, fragt Nomarik: „Was wollt ihr nun tun?" Kamino ist so nett und übersetzt die ganze Zeit leise für uns.

„Ich habe keine Idee", antwortet Oramin traurig und verzweifelt. Diese Verzweiflung passt so gar nicht zu seinem äußeren Erscheinungsbild. Er ist breitschultrig und muskulös. Er hat markante Gesichtszüge und erweckt den Eindruck, dass er beharrlich ist und nicht leicht aufgibt.

Nomarik schaut nach unten. Er denkt nach und vielleicht nimmt er gedanklich Verbindung zu jemandem auf. Dann blickt er auf, klar und entschlossen.

„Ich habe eine Idee, wie wir euch helfen können. Aber nicht nur ihr habt vor anderen etwas verheimlicht. Auch wir haben in geheimer Mission gehandelt. Wenn wir euch helfen, dann brauchen wir das Einverständnis unseres Rates der Weisen."

„Sehr, sehr gerne nehmen wir eure Hilfe an. Wir wissen nicht, was wir noch tun können. Wenn uns nichts einfällt, dann müssen wir mit unseren Eltern und unserem Rat der Weisen sprechen. Der Rat der Weisen könnte meiner Schwester vielleicht helfen, aber wir wollten sie nur fragen, wenn wir gar keinen anderen Weg mehr sehen", sagt Oramin.

Nomarik erhebt sich. In diesem Moment stößt Menarina zu uns. Wie gut es sich anfühlt, dass sie bei uns ist. Ich lächle sie an und würde sie am liebsten umarmen. Sie schenkt mir ein strahlendes Lächeln und mustert dann die Orionbewohner.

Nomarik fragt zu Oramin gerichtet. „Wann müsst ihr losfliegen? Könnt ihr bis morgen bleiben?"

„Wir müssen heute aufbrechen. Uns ist es nicht erlaubt, lange weg zu sein", antwortet Oramin.

Kamino erhebt sich nach einer kurzen Kopfbewegung von Nomarik und die drei ziehen sich zurück. „Wir sollten uns an den Rat der Weisen wenden. Jetzt, wo die Gefahr gebannt ist, ist es besser, offen mit ihnen zu sprechen. Lasst uns zu ihnen gehen."

„Einverstanden, gute Idee", antworten Kamino und Menarina.

Dann sagt Nomarik zu den Orionbewohnern gerichtet: „Wir werden jetzt zu unserem Rat der Weisen gehen und einen Plan besprechen. Danach kommen wir wieder hierher. Wenn der Rat der Weisen einverstanden ist, können wir euch helfen."

„Wir haben nichts zu verlieren", antwortet Oramin. „Wir warten hier. Allerdings müssen wir am Abend zurückfliegen. Werdet ihr rechtzeitig zurück sein?"

„Ja, das müssten wir schaffen", erwidert Nomarik. „Haltet euch hier versteckt. Bis später."

Wir brechen auf und gehen so zügig, wie es uns nach diesem anstrengenden und nervenaufreibenden Einsatz möglich ist. Meine Kleidung ist mittlerweile getrocknet. Hakimi fliegt neben uns her. Als wir in der Nähe der Stadt sind, rufe ich Hakimi, der sich prompt auf meine Schulter setzt. Wir nehmen den Geheimgang, auch wenn es dadurch länger dauert. Da wir aufgewühlt und abgekämpft sind, sind wir nicht sicher, ob wir aufmerksam genug sind, unbemerkt zum Haus zu gelangen.

Dort gehen wir in die Küche und trinken etwas. Nomarik stellt die Flasche mit Karatimuno auf den Tisch. Wir haben das Stärkungsmittel nicht gebraucht. Ein Gefühl der Erleichterung macht sich in mir breit. Wir haben den Plejadern helfen können. Die Anspannung der letzten Tage fällt von Karl, Lena und mir ab.

Nomarik, Kamino und Menarina strahlen noch keine innere Ruhe aus. Kein Wunder. Ihnen steht das Gespräch mit dem Rat der Weisen bevor. Sie haben etwas Verbotenes getan. Der Rat der Weisen wird nicht erbaut darüber sein. „Ob wir wohl mitgehen werden?", geht es mir durch den Kopf.

„Ich kann zum Rat der Weisen gehen und um einen Termin für heute bitten", schlägt Menarina vor. „Gerne", antwortet Nomarik. Kamino nickt. „Frag nur nach einem Termin und sag, dass wir dann alles erzählen. Hüll dich ansonsten in Schweigen, damit du nicht alleine bist, wenn es Belehrungen gibt", sagt Nomarik. „Ich werde es versuchen", antwortet Menarina wohlwissend, dass es nicht einfach ist, den Fragen eines Mitglieds des Rates der Weisen auszuweichen.

„Als ich gesehen habe, dass die Nymphe dem Orionbewohner den Schlüssel zurückgab, habe ich gedacht, dass wir verloren haben. Doch wir haben es geschafft", sagt Karl voller Begeisterung.

„Ja, es fühlt sich so gut an, dass nichts Schlimmes passiert ist. Aber es tut mir leid, dass sie dem entstellten Mädchen nicht helfen konnten. Trotzdem fühle ich mich jetzt viel besser", sagt Lena.

„Am Anfang fand ich die Orionbewohner sehr angsteinflößend mit ihren breiten muskulösen Körpern und ihren markanten eckigen Gesichtszügen. Und sie haben heftig für ihr Ziel gekämpft. Als ich dann Oramin weinen und die Enttäuschung in den Gesichtern der anderen sah, fand ich sie nicht mehr bedrohlich. Ihre Gefühle waren so menschlich. Ich bin froh, dass es vorbei ist", sage ich.

Nomarik und Kamino hüllen sich in Schweigen. Ihnen steht noch das Gespräch mit dem Rat der Weisen bevor, und es ist ihnen anzumerken, dass sie das gedanklich vereinnahmt.

Ich stelle Hakimi ein Schälchen Wasser in seine Nische, das er durstig schlürft. Gerne würde ich wissen, welchen Plan Nomarik hat, aber ich weiß, dass es keinen Zweck hat, ihn danach zu fragen. Karl, Lena und ich tauschen uns noch über das Geschehene aus. Nomarik und Kamino beteiligen sich nicht am Gespräch. Sie sprechen kurz in ihrer Sprache miteinander.

Dann hören wir Geräusche und Menarina steht im Zimmer: „Wir haben in einer halben Stunde einen Termin beim Rat der Weisen."

„So schnell?", fragt Nomarik. „Das ist gut, aber doch überraschend."

„Wir haben Glück. Der Rat der Weisen hat heute eine Sitzung, so dass unser Anliegen der erste Tagesordnungspunkt ist", erklärt Menarina. „Wie hat das diensthabende Mitglied des Rates reagiert?", fragt Kamino. „Er hat sich damit zufriedengegeben, dass ich ihm gesagt habe, dass es dringend sei. Ich nehme an, dass er nicht weiter gefragt hat, weil der Rat heute sowieso tagt", antwortet Menarina.

„Ihr solltet mitkommen", sagt Nomarik zu uns.

Ich merke, wie mein Herz schneller klopft. Ich bin nicht davon ausgegangen, dass wir sie begleiten. Warum? Was sollen wir erzählen? Wir sind ja nicht mit Absicht hier auf den Plejaden gelandet. Doch dann finde ich die Vorstellung aufregend, den Rat der Weisen kennenzulernen. Wie werden sie aussehen? Was werden sie sagen?

Karl und Lena schauen mich erstaunt an. „Wird uns etwas passieren?", fragt Lena ängstlich.

„Keine Sorge. Euch werden wahrscheinlich Fragen gestellt. Menschen landen hier nicht alle Tage", antwortet Nomarik.

„Und was ist mit Hakimi?", frage ich.

„Nimm ihn mit, wenn du magst. Falken landen hier auch nicht alle Tage", erwidert er und versucht, dabei zu lächeln.

Hakimi schaut auf, als er seinen Namen hört, und setzt sich auf meine Schulter. Die Antwort ist klar. Er will auch mit.

„Ich möchte mich noch etwas frisch machen", sage ich. Wenn ich schon vor so einen ehrwürdigen Rat trete, möchte ich nicht vollkommen zerzaust und verstaubt aussehen. „Ich komme mit", sagt Lena. „Ich auch", sagt Karl und folgt uns.

Im Zimmer wasche ich mein Gesicht. Ich versuche, mein Haar auch ohne Bürste etwas in Form zu bringen. Dann klopfe ich meinen Umhang aus. Dabei fühle ich Nomariks Amulett. Ich nehme es in die Hand und bedanke mich für seinen Schutz.

„Sehe ich gesellschaftstauglich aus?", frage ich Lena lächelnd.

„Nicht ganz taufrisch, aber gesellschaftstauglich", antwortet Lena lachend.

Jetzt, wo wir unter uns sind, können wir unsere Freude stärker zeigen. Vor Nomarik, Kamino und Menarina, die noch so angespannt sind, war das nicht möglich. Auch Karl und Lena putzen sich heraus.

„Dann auf zur nächsten Herausforderung", sage ich. Wir gehen gemeinsam zur Küche und trinken Wasser. Auch die anderen sehen erholter aus.

„Komm Hakimi", rufe ich und prompt landet er auf meiner Schulter. Ich ziehe wieder die Kapuze über ihn. Nomarik schaut wie immer erst, ob wir ungesehen das Haus verlassen können.

„Wie schön es wäre, sich nicht mehr verstecken zu müssen", geht es mir durch den Kopf. Wir könnten dann mit anderen Plejadern sprechen und Freunde von Nomarik, Kamino und Menarina kennenlernen, ausgelassen plaudern und Spaß haben. Aber wer weiß, ob unsere Ankunft hier auch weiterhin geheim gehalten werden soll. Vielleicht würden sich einige erschrecken oder uns bedrohlich finden. Sie könnten glauben, dass weitere Menschen hier landen, die nichts Gutes im Schilde führen. Wir kommen zu dem großen Platz, an dem wir schon vor einigen Tagen waren. Dann treten wir in dieses schön verzierte, große Haus ein. Die

Eingangshalle wirkt dunkel und hat eine gewölbte Decke. Die Wände sind mit Holzbalken dekoriert. Es ist ein schöner Raum. Nur die Dunkelheit stört mich.

Nomarik geht vor zu einem Empfangstresen und spricht mit jemandem. Es ist wohl eine Art Rezeptionist. Wir werden von ihm neugierig beäugt. Nomarik kommt zu uns zurück und bedeutet uns, uns zu setzen. Die Stühle sind breit und mit einer Armlehne ausgestattet. Sie sind aus Holz, das reichlich verziert ist.

Die Dunkelheit hat etwas Beängstigendes und gleichzeitig Beruhigendes. Das scheint ein Widerspruch. Durch die Dunkelheit ist man komplett von draußen und dem Tagesgeschehen abgeschirmt, so als wäre man in einer anderen Welt. Manchmal fühle ich mich so, wenn ich in einer lauten, betriebsamen Stadt in eine Kirche gehe. Auf einmal lässt man die ganze Hektik hinter sich.

Ich werde aus meinen Gedanken gerissen, als Lena mich an der Schulter antippt. Ich habe überhaupt nicht gemerkt, dass wir aufgefordert wurden zu kommen. Wir werden zu einer zweiflügeligen Holztür geführt. Auch sie ist voller Verzierungen. Ich schaue hinüber zu Nomarik, der sehr nachdenklich und in sich gekehrt ist.

Die Tür wird geöffnet und gibt den Blick auf einen Saal frei. Die Wände bestehen aus grauem Stein. Ein roter Teppich führt zu einem großen runden Tisch und führt hinter dem Tisch weiter zu einer Art Thron, der auf einem Podest steht. Auf ihm sitzt eine ältere Dame. Das muss die Vorsitzende des Rates der Weisen sein. Andere Mitglieder des Rates sind nicht zu sehen.

Wir gehen um den Tisch herum und laufen noch einige Meter, bis kurz vor den Thron. Ich wundere mich, dass sich der Tisch mitten im Weg zum Thron befindet. Sehr eigenartig und ungewöhnlich. Nomarik, Kamino und Menarina stehen in der ersten Reihe nebeneinander vor ihr und Karl, Lena und ich nebeneinander hinter ihnen. Hakimi verhält sich ganz still.

Die Frau hat gleichmäßige Gesichtszüge. Auf ihrer Haut zeichnen sich kleine Falten ab. Ihr Haar ist dunkel und nach hinten gebunden. Auffällig sind ihre großen Augen, mit denen sie uns aufmerksam mustert. Sie sieht Nomarik ähnlich. Er hat uns erzählt, dass seine Großmutter Mitglied des Rates der Weisen ist. Aber das ist ganz sicher die Vorsitzende. Dass seine Großmutter die Vorsitzende ist, hat er uns nicht gesagt. Ich weiß nicht, ob es dadurch für ihn einfacher oder schwieriger wird.

Später erzählt uns Menarina, was gesprochen wurde:

„Was habt ihr zu erzählen?", fragt die Vorsitzende in einem strengen Ton.

„Es ist viel passiert, seit wir das letzte Mal vor euch getreten sind", beginnt Nomarik. „Wir haben dem Rat der Weisen etwas verheimlicht", sagt er und schaut zur Vorsitzenden hoch. Dann senkt er seinen Kopf.

Danach herrscht Schweigen. Als nichts geschieht, blickt er wieder auf. Offensichtlich wünscht die Vorsitzende, noch mehr zu erfahren, bevor sie sich äußert.

„Wie ihr wisst, hatten Kamino, Menarina und ich die Vision, dass fremde Wesen kommen, die etwas für die Plejader Wertvolles stehlen wollen."

„Ja, ihr habt davon berichtet", antwortet die Vorsitzende.

„Da der Rat der Weisen keine Gefahr gesehen hat, haben wir beschlossen, selbst zu handeln", fährt Nomarik fort. „Bei unseren Erkundungen stießen wir auf fremde Wesen. Auf Wesen von der Erde."

Sollte die Vorsitzende erstaunt sein, so lässt sie sich das nicht anmerken. „Das sind die drei hinter euch und das gefiederte Tier", sagt sie.

Ich weiß nicht, wie sie Hakimi sehen konnte. Er ist vollkommen von der Kapuze verdeckt und sitzt die ganze Zeit mucksmäuschenstill auf meiner Schulter, auch wenn der Ausdruck „mucksmäuschenstill" vielleicht nicht zu einem Mäusejäger passt.

Nomarik nickt. „Uns wurde in einer Meditation übermittelt, dass sie uns zu Hilfe kommen. Wir sind davon ausgegangen, dass es sich um eine ernsthafte Bedrohung handeln muss, wenn uns Menschen zur Unterstützung geschickt werden. Sie haben bei uns gewohnt und wir haben mit ihnen zusammen die Mission vorbereitet. Sie sind sehr feinfühlig. Heute sind Wesen von Orion gekommen. Zwei junge Männer und zwei Mädchen."

Ich sehe, wie die Vorsitzende die Augenbrauen hochzieht, kann diesen Blick jedoch nicht deuten.

„Wir wussten nur, dass sie etwas Wertvolles stehlen wollen, aber wir wussten nicht was."

„Den Schlüssel aus Kristall", sagt sie.

Die drei sind erstaunt. „Wenn ihr davon wusstet, warum habt ihr dann nichts unternommen?", fragt Nomarik aufgeregt.

„Erzähl weiter", sagt die Vorsitzende vollkommen unbeeindruckt von Nomariks Frage.

„Die Orionbewohner waren sehr stark, doch wir haben uns gut verteidigt. Und wir hatten Unterstützung von einer Nymphe, die Manuk gerufen hat. Doch dann hat die Nymphe den Schlüssel dem Orionbewohner gegeben. Dieser wollte sich etwas wünschen. Doch seine Wünsche gingen nicht in Erfüllung. Er hat es dreimal versucht und dreimal ohne Erfolg. Dabei sind die Zacken des Schlüssels abgebrochen.

Dann waren er und seine Freunde verzweifelt. Er hatte keine egoistischen Wünsche, sondern wollte seiner Schwester helfen, die bei einer heimlichen Weltraumreise von einem bösartigen Wesen entstellt worden ist. Die Orionbewohner sind jetzt noch da. Ich habe eine Idee, wie wir ihnen helfen könnten, und darüber möchten wir mit dem Rat der Weisen sprechen.

Wir bitten euch und den Rat der Weisen zu entschuldigen, dass wir ohne euer Wissen gehandelt haben", sagt Nomarik zerknirscht und schaut dabei die Vorsitzende an. So habe ich ihn noch nie gesehen. Er ist immer so selbstsicher, doch jetzt scheint er die Richtigkeit seines Handelns infrage zu stellen.

„Tragt dies dem Rat der Weisen vor", antwortet die Vorsitzende. „Ich sehe, dass ihr in bester Absicht gehandelt habt, auch wenn ich euer eigenmächtiges Handeln nicht gutheiße. Es war ein Segen für euch, dass die Menschen gekommen sind, denn nur Menschen können Nymphen anrufen. Und dadurch konnten Kämpfe und Verletzungen vermieden werden. Es hätte Schlimmes mit euch passieren können, auch wenn die Absichten der Orionbewohner grundsätzlich nicht bösartig waren."

Jetzt verstehe ich endlich, was unsere Aufgabe war. Bis jetzt war mir das noch nicht klar. Die Plejader hätten keine Nymphen um Hilfe bitten können, und dann hätte es vielleicht Kämpfe gegeben, bei denen die Plejader verletzt worden wären.

„Wir verstehen nicht, warum der Zauber des Schlüssels nicht gewirkt hat", wenn die Orionbewohner doch von diesem Zauber gehört hatten.

„Der Schlüssel wirkt nur bei Plejadern und nur für Wünsche, die zum Wohle der Plejader und der Plejaden sind. Auch Wesen, die von einem Plejader abstammen, können den Zauber nutzen. Er reicht bis zur sechsten Generation. Daher ist es auch so wichtig, dass jeder Plejader darauf achtet, mit wem er sich vereint, wenn er sich für eine Vereinigung mit einem Wesen entscheidet, das nicht von den Plejadern stammt."

Während sie dies sagt, zieht sie leicht die Augenbrauen hoch und schaut Nomarik intensiv an.

„Denk immer daran", sagt sie zu ihm gerichtet. Nomarik hält ihrem durchdringenden Blick stand.

„Das war der Grund, warum der Rat der Weisen nichts unternommen hat, jetzt verstehe ich", sagt Nomarik. „Es bestand keine Gefahr, weil die Orionbewohner sich mit dem Schlüssel nichts wünschen können. Alle Sorge war umsonst."

„So ist es", antwortet die Vorsitzende. Wir wollten euch nichts erzählen, weil die Existenz des Schlüssels und alle damit verbundenen Informationen geheim bleiben sollten. Daher ist es euch nicht erlaubt, über irgendetwas, was heute hier über den Schlüssel gesagt wurde, weiterzuerzählen.

„Aber er ist ja jetzt kaputt", stößt Nomarik mit einem Hauch von Verzweiflung hervor.

„Mach dir keine Sorgen. Die Bärte des Schlüssels können nachwachsen. Wenn ihr die Höhle erkundet habt, dann kennt ihr bestimmt auch den anderen See. Er hat eine ganz besondere Magie. Wir können das magische Wasser des Sees für die Wiederherstellung des Schlüssels nutzen", sagt sie. Nomarik ist seine Erleichterung deutlich anzusehen.

Darum werden wir uns kümmern", fügt sie noch hinzu.

Dann sagt sie noch etwas zu Nomarik, und er bittet uns daraufhin, vorzutreten. Nun stehen wir zu sechst in einer Reihe und die Vorsitzende mustert uns drei nacheinander. Sie wendet ihren Blick nochmals zu mir und schaut dann zu Nomarik und dann wieder zu mir. Habe ich bei Nomarik das Gefühl, dass er meine Gedanken lesen kann, so habe ich bei ihr das Gefühl, dass sie selbst Gedanken lesen kann, die gerade gar nicht in meinem Kopf sind. Ihr ist ganz offensichtlich nicht entgangen, was ich über Nomarik denke und was ich für ihn fühle.

„So, so, ihr seid die mutigen Menschenkinder", sagt sie zu uns. „Wie seid ihr hierhergekommen?"

„Wir saßen bei uns auf einem Baum und plötzlich fing es an zu vibrieren und nach einer kurzen Zeit waren wir hier", antworte ich.

„Hm, sehr interessant", antwortet sie. „Wenn ihr zu der Stelle geht, an der ihr hier gelandet seid und euch dann wünscht, wieder auf der Erde zu sein, werdet ihr zurückkommen."

Karl, Lena und ich schauen uns an und wir machen innerlich einen Luftsprung. Nomarik hatte uns bereits gesagt, dass wir wieder gut zuhause ankommen würden, aber es tut gut, dies nochmals von der Vorsitzenden zu hören.

Ganz mutig frage ich: „Als wir im Baum auf der Erde saßen, haben wir nicht den Wunsch ausgesprochen, zu den Plejaden zu gelangen. Wie konnte es sein, dass wir hier gelandet sind?"

„War es euch unangenehm, hier zu landen?", fragt sie.

„Als wir wussten, dass wir hier nicht bedroht sind, fanden wir es spannend. Ich interessiere mich schon länger für Sterne, und die Plejaden haben immer eine besondere Anziehung für mich gehabt, die ich mir nie erklären konnte. Als wir hier waren, fand ich es toll und gleichzeitig unwirklich. Und meinen Freunden ging es auch so."

„Das heißt, ihr wart offen für das Abenteuer und es ist nicht gegen euren Willen geschehen."

„Wir sind glücklich, hier zu sein", antwortet Lena.

„Es ist eine aufregende Erfahrung", ergänzt Karl.

„Beachtlich, beachtlich", sagt sie und schaut Nomarik sein. „Dein Wille, die Plejaden zu verteidigen, hat sie hierher geholt."

„Ich habe nie diese Absicht ausgesprochen", antwortet Nomarik gleich mit Entrüstung.

„Ich weiß. Doch ohne die Menschen hätte es Verletzte geben können. Durch die Möglichkeit der Menschen, Nymphen um Hilfe zu bitten, konnte alles glimpflicher verlaufen.

Durch deinen starken Willen alles zum Besten und möglichst friedlich zu lösen, ist die kosmische Weisheit aktiv geworden und hat von allen Menschen, diese drei ausgesucht. Warum genau diese drei, wirst du vielleicht erahnen", sagt sie und schaut wieder von ihm zu mir und zurück.

„Und was ist dein Vorschlag? Wie möchtest du den Orionbewohnern helfen?"

„Auf den Sternen des Sternbilds Einhorn leben Einhörner, die fremden Wesen Wünsche erfüllen, wenn diese nicht egoistischen Interessen gelten. Wir könnten mit den Orionbewohnern dorthin fliegen und ihnen helfen. Ich glaube, dass sie davon noch nichts gehört haben", erklärt Nomarik.

„Aber sicherlich weiß deren Rat der Weisen davon", antwortet die Vorsitzende.

„Denen möchten sie nichts erzählen", entgegnet Nomarik.

Die Vorsitzende hebt die Augenbrauen. „Noch mehr Wesen in geheimer Mission", sagt sie, und ich kann nicht erkennen, ob dies vorwurfsvoll oder schmunzelnd gemeint ist.

„Die Schwester ist heimlich mit ihren Eltern auf eine Weltraumfahrt gegangen und wurde auf einem Stern mit einem bösen Fluch belegt. Sie möchten ihre Schwester nicht verraten", antwortet Nomarik.

„Eine verwerfliche Handlung zieht die nächste nach sich", sagt sie ernst.

Nomarik übergeht diese Bemerkung und erklärt: „Auf dem Stern Einhorn droht uns keine Gefahr, und da wir bald lernen sollen, mit Raumschiffen zu anderen Sternen zu reisen, könnte das gleich unser erstes Ziel sein."

Kamino, der sich die ganze Zeit zurückgehalten hat, sagt: „Wir würden den Orionbewohnern sehr gerne helfen, und ich bin mir sicher, dass wir schnell lernen werden, ein Raumschiff zu steuern."

„Ja", klinkt sich jetzt Menarina ein. „Nomarik weiß von seinen Eltern so viel über die Raumfahrt und hat uns davon erzählt, so dass wir über ein umfangreiches theoretisches Wissen verfügen. Es fehlt uns nur noch die praktische Übung."

„Das klingt überzeugend. Tragt euer Anliegen dem Rat der Weisen vor. Er soll entscheiden. Er soll auch über euren Verstoß, ohne Wissen des Rates gehandelt zu haben, urteilen."

Dann sammelt sie sich einen Moment und macht eine Handbewegung. Kurz danach treten die anderen elf Mitglieder des Rates ein und nehmen wie auch die Vorsitzende an dem Tisch Platz.

Wir bleiben dort stehen und drehen uns den Mitgliedern des Rates zu, die uns aufmerksam mustern. Sie tragen Umhänge in einem dunklen blaugrauen

Farbton und Amulette mit geometrischen Mustern. Welches Alter sie haben, kann ich nicht beurteilen, da die Plejader etwa 400 Jahre alt werden. Aber wenn sie Menschen wären, würde ich sie auf etwa 60 Jahre schätzen. Das finde ich nicht erstaunlich, da Weisheit auch mit Alter zu tun. Das dachte ich zumindest immer. Manchmal kommen mir da Zweifel. Doch ein Mann und eine Frau scheinen deutlich jünger als die anderen. Ich muss Nomarik später danach fragen.

Die Weisen haben ihre Stühle alle in unsere Richtung gedreht, und Nomarik beginnt, nochmals den Hergang zu erzählen.

Ich frage mich, warum er sein Anliegen erst der Vorsitzenden allein vortragen sollte. Wollte sie ihm die Aufregung und Sorge nehmen? Nomarik war kritischer mit sich, als die Vorsitzende es mit ihm war, und vielleicht auch der gesamte Rat der Weisen sein wird.

Nachdem Nomarik seine Geschichte beendet hat, tauschen sich die Mitglieder leise aus, so dass man nicht genau hören kann, was sie sagen. Nach einiger Zeit erhebt sich die Vorsitzende und sagt:

„Der Rat der Weisen wird euch nicht bestrafen, da ihr in guter Absicht gehandelt habt. Ihr habt euer Leben und das der Menschenwesen gefährdet. Daher bittet euch der Rat der Weisen eindringlich, in Zukunft bei Bedrohungen nicht eigenständig zu handeln."

Nomarik, Kamino und Menarina tauschen Blicke aus und ihre Erleichterung ist ihnen deutlich anzusehen.

„Trage nun vor, wie du den Orionbewohnern zu helfen gedenkst", fordert ihn die Vorsitzende auf.

„Im Sternbild Einhorn gibt es Einhörner, die anderen Wesen des Universums Wünsche erfüllen, wenn diese einem guten Zweck dienen. Die vier Orionbewohner wissen das nicht. Wir möchten mit ihnen dorthin fliegen.

Da Kamino, Menarina und ich in Kürze mit unserer Flugausbildung beginnen, könnten wir in einigen Wochen starten. Entweder nehmen wir die Orionbewohner mit oder sie fliegen mit ihrem eigenen Flugzeug dorthin. Sie haben bereits eine Flugerlaubnis zu nahe gelegenen Sternen", erklärt Nomarik.

„Ihr seid recht jung für eine solche Mission", erwidert die Vorsitzende. „Wir werden uns beraten."

Die Mitglieder besprechen sich, jedoch wieder so leise, dass nichts zu verstehen ist. Ich nehme an, dass sie über Maßnahmen verfügen, die drei daran zu hindern, ihre Gedanken zu lesen.

Ich schaue zu Lena. Ihre Augen sind weit geöffnet. Ich weiß, dass sie Einhörner liebt. Für mich waren sie bisher eine nette Erfindung. Ich kann mir nicht vorstellen, dass es einen Stern geben soll, auf dem echte Einhörner leben. Aber ich habe vorher ja auch nicht geglaubt, dass es auf den Plejaden Lebewesen gibt und dass man in Nullkommanichts dorthin kommen kann. So vieles scheint möglich, was bisher undenkbar für mich war.

Wie gern würde ich bei dieser Mission mitmachen. Ich schaue Lena an. Sie denkt das Gleiche. Ich bin erstaunt, da sie nicht übermäßig abenteuerlustig ist. Aber die Vorstellung, Einhörner kennenzulernen, lässt wahrscheinlich all ihre Ängste schwinden. Ich schaue hinüber zu Karl. Ich kann nicht mit ihm sprechen, da Lena zwischen uns steht, aber die Übung, sich über Gedanken auszutauschen, haben wir erfolgreich absolviert, und er schickt uns die Nachricht: „Ich würde auch gern mitfahren." Nomarik, Kamino und Menarina haben wohl gemerkt, dass etwas bei uns im Busch ist. Sie blicken zu uns hinüber, und wir übermitteln ihnen telepathisch, dass wir mit ihnen kommen möchten, und vernehmen prompt ihre Begeisterung. Es ist ein schönes Gefühl, dass sie uns gerne dabeihaben wollen, auch wenn wir bei der Reise keine besonderen Gaben zum Einsatz bringen können. Aber wer weiß.

Nomarik schaut mich lächelnd von der Seite an. Ich bin so froh, dass niemand ihnen heftige Vorwürfe wegen ihres eigenständigen Handelns gemacht hat. Ich werde plötzlich durch die Stimme der Vorsitzenden aus meinen Gedanken gerissen.

Der Rat hat nach intensiven Diskussionen beschlossen, dass ihr diese Reise machen dürft. Die Orionbewohner sollen ihr eigenes Raumschiff verwenden. Es ist euch erlaubt, diese Reise unter der Bedingung zu unternehmen, dass ihr im regelmäßigen Kontakt mit dem Rat der Weisen bleibt und keine Handlungen ohne Rücksprache unternehmt.

Die drei strahlen den Rat an.

„Los jetzt", höre ich. Keiner hat zu mir gesprochen und Nomarik guckt nach vorne und sein Mund ist geschlossen. „Habe ich seine Gedanken gehört? Warum los jetzt?", will ich wissen. Dann ist es mir klar. Nicht er wird danach fragen, ob wir sie begleiten dürfen, sondern wir müssen dies tun. Ich nehme meinen ganzen Mut zusammen und räuspere mich kurz.

„Habt ihr etwas zu sagen?", fragt mich die Vorsitzende.

„Wir wären unendlich dankbar, wenn wir drei Nomarik, Kamino und Menarina begleiten dürften."

Die Vorsitzende zieht die Augenbrauen hoch und scheint nicht übermäßig begeistert. „Wir werden darüber beraten", antwortet sie, und die Mitglieder besprechen sich, wobei uns die zwei Jüngeren neugierig beäugen.

Ein Mitglied stellt uns eine Reihe von Fragen: „Bringt ihr besondere Voraussetzungen mit? Kennt ihr euch mit Raumschiffen aus? Habt ihr Erfahrung mit Einhörnern? Könnt ihr euch mit den Orionbewohnern verständigen?"

Ich schaue betreten zu Boden. Dann gucke ich die anderen hilflos an. Für den Rat der Weisen müssen wir wirklich vollkommen ungeeignet erscheinen. Was soll ich sagen? Qualifikationen bringen wir keine mit.

Dann sagt Lena fast schreiend: „Ich liebe Einhörner."

Ich bin begeistert von Lenas Mut, aber ich habe meine Bedenken, dass das als Qualifikation reicht.

Ich sage niedergeschlagen: „Wir bringen keine besonderen Eigenschaften mit, wir kennen uns mit Raumschiffen nicht aus, wir haben keine Erfahrung mit lebenden Einhörnern und wir sprechen auch nicht die Sprache der Orionbewohner."

Das war es dann wohl. Man kann es dem Rat noch nicht einmal verübeln, wenn sie unsere Beteiligung ablehnen. Dann höre ich die Vorsitzende, die so skeptisch erschien, sagen:

„Sie bringen Mut mit und den Wunsch, den Plejadern und auch den Orionbewohnern zu helfen."

Wieder beraten sich die Mitglieder. Dann verkündet die Vorsitzende: „Ihr habt unser Einverständnis. Wenn ihr zum Abflug pünktlich hier seid, dann könnt ihr mitfliegen."

Innerlich schreie ich „Hurra" und gleichzeitig schlägt mein Herz schneller, und ich frage mich, ob es gut war, sich auf ein neues unbekanntes Abenteuer einzulassen. Außerdem wissen wir nicht, wie wir wieder hierherkommen können, und das dann noch zu einem vorgegebenen Termin.

Die Vorsitzende scheint in meinen Gedanken zu lesen. „Wenn ihr dies wünscht, könnt ihr morgen zur Schule für Raumfahrt gehen, damit ihr euch einen Eindruck verschaffen könnt und eine Vorstellung bekommt, auf was ihr euch einlasst. Wisset, dass eure Reise hierher nur funktionieren wird, wenn ihr sechs euch das gleichzeitig aus tiefstem Herzen wünscht", erklärt sie.

Das ist praktisch. Wenn uns der Mut doch noch verlassen sollte, dann kann es sowieso nicht klappen. Karl, Lena und ich verbeugen uns und bedanken uns bei dem Rat wie auch Nomarik, Kamino und Menarina.

„Geht und teilt den Orionbewohnern unsere Entscheidung mit", sagt die Vorsitzende. „Wir werden bekannt geben, dass sich Menschen bei uns befinden, so dass ihr euch in der Stadt bewegen könnt, ohne euch zu verstecken. Aber lasst euren gefiederten Freund nicht in der Stadt fliegen. Das könnte manche Plejader erschrecken, da es hier solche Vögel nicht gibt."

Wir verbeugen uns nochmals, gehen um den Tisch herum, während wir von den Mitgliedern neugierig beäugt werden, und verlassen den Saal. Vor dem Haus bleiben wir stehen.

„Ich freue mich, dass ihr wiederkommen werdet. Es wird so schön werden, wenn ihr dabei seid", sagt Menarina.

„Ich freue mich auch so. Ich kann es nicht glauben, dass ich echte Einhörner sehen werde", stößt Lena hervor.

Karl schaut Kamino an und sagt: „Toll, dass wir ein neues Abenteuer mit euch erleben werden."

Ich schaue Nomarik an und weiß nicht, was ich sagen soll. Doch er kann meine Gedanken lesen: „Ich freue mich vor allem, dich wiederzusehen." Er lächelt mich an, und ich weiß, dass es ihm genauso geht.

„Lasst uns schnell zu den Orionbewohnern gehen. Sie warten auf unsere Antwort", treibt uns Nomarik an. Eiligen Schrittes machen wir uns auf den Weg. Es ist so angenehm, nicht mit der Angst durch die Stadt zu gehen, erkannt zu werden. Wir versuchen trotzdem, nicht aufzufallen, da die Bewohner erst noch informiert werden. Aber zu wissen, dass keine Gefahr besteht, wenn uns jemand entdeckt, gibt uns ein Gefühl von Freiheit.

Nachdem wir die Stadtgrenze passiert haben, reden wir laut und lachen. „Ich kann es nicht glauben", sagt Lena. „Wir werden Einhörner sehen."

„Was machen wir heute Abend? Wir könnten endlich einmal eine Party machen", schlägt Karl vor.

Ich würde die Party gerne dazu nutzen, mich ausgiebig zu unterhalten. Ich habe noch so viel Fragen. Aber auch wenn wir jetzt Zeit haben, bin ich nicht sicher, dass Nomarik uns alles erklären wird.

„Und dann lernen wir etwas über Raumschiffe", sagt Karl. „Ist das nicht toll? Ob sie so aussehen wie unsere?"

Wir sind ausgelassen und glücklich auf dem Weg zurück zu den Orionbewohnern. Noch rechtzeitig, bevor es dunkel wird, sind wir bei ihnen.

„Nach euren Gesichtern zu urteilen, habt ihr gute Nachrichten", begrüßt uns Oramin.

„Ja, der Rat der Weisen hat uns seine Genehmigung erteilt und die drei Wesen von der Erde dürfen uns begleiten. Das sind Karl, Lena und Manuk", erklärt Nomarik. Wir lächeln ihnen zu.

„Wir freuen uns, euch kennenzulernen", antworten die drei wie aus einem Mund zu unserem Erstaunen in unserer Sprache.

„Ihr sprecht unsere Sprache?", fragt Karl vollkommen überrascht.

„Ja", antwortet Oramin. „Das gehört zu unserer Ausbildung. Wenn man als Kind schon weiß, dass man später gerne den Weltraum erkunden möchte, lernt man in der Schule Sprachen anderer Weltraumbewohner. Auch wenn wir manche Sterne vielleicht nie besuchen, sprechen wir doch die Sprache der Bewohner. Das kann hilfreich sein zum Beispiel, wenn man Wesen ganz unerwartet auf anderen Sternen antrifft", sagt er grinsend.

„Wenn sie so gebildet sind", geht es mir durch den Kopf, „dann haben sie sicherlich schon vorhin erkannt, dass wir Menschen sind. Sehr diskret von ihnen, uns nicht direkt gefragt zu haben."

„Wann werden wir uns treffen?", fragt Omike. Auf ausgelassene Gespräche hat sie offensichtlich keine Lust. „Wir werden einige Wochen mit unserer Flugausbildung brauchen", erklärt Kamino. „Wie können wir euch kontaktieren?"

Ich kann eine gewisse Aufregung in Kaminos Stimme hören. Es scheint mir außergewöhnlich, dass man nach einem so kurzen Training Weltraumreisen allein unternehmen darf. Aber ich bin mir sicher, dass der Rat der Weisen nicht sein Einverständnis gegeben hätte, wenn etwas dagegen sprechen würde. Vielleicht sind ihre Raumschiffe auch einfacher zu bedienen als die der Menschen. Ich glaube, unsere Astronauten machen eine mehrjährige Ausbildung. Und Jugendliche würde man bestimmt nicht alleine in den Weltraum lassen. Dinge, die mir normal und auch sinnvoll erscheinen, sind hier ganz anders.

„Wir lassen euch ein Gerät da, mit dem ihr uns rufen könnt." Sie holt aus ihrer Tasche ein viereckiges etwa handgroßes Gerät und stellt sich dicht neben Nomarik. „Schau", sagt sie zu Nomarik gewandt, „hier kannst du drücken, um Kontakt mit uns aufzunehmen. Wir versuchen, sofort zu antworten. Falls nicht, dann melden wir uns später." Sie erklärt weitere Funktionen und kommt ihm dabei sehr nahe. Nomarik zeigt sich jedoch vollkommen unbeeindruckt von ihren Annäherungs-versuchen. „Wir werden dich kontaktieren, wenn wir wieder auf Orion gelandet sind", sagt sie und schaut Nomarik aufmerksam von der Seite an. Er reagiert nicht auf ihren Blick, nimmt das Gerät und zeigt es uns.

„Wie ist euer Plan?", fragt Oramin.

„Im Sternenbild Einhorn leben Einhörner, die Wünsche unter der Voraussetzung erfüllen, dass sie keinen egoistischen Interessen dienen. Wie gesagt, fangen wir in einigen Tagen unsere Flugausbildung an. Wir können in ein bis zwei Monaten Kontakt mit euch aufnehmen und mit euch dorthin fliegen. Unsere Freunde von der Erde werden mitkommen", erklärt Nomarik und schaut mich mit einem angedeuteten Lächeln an.

Oramin, Roka, Omike und Emana schauen sich an. „Das klingt gut", antwortet Oramin und fragt zu Roka, Omike und Emana gerichtet: „Was haltet ihr davon?"

„Wir sollten es versuchen, aber es wäre besser, wenn es nicht noch viele Wochen dauern würde. Unsere Schwester leidet sehr, und wir möchten eine Lösung, bevor unsere Eltern sich an unseren Rat der Weisen wenden. Wenn sie dies tun, wird unser Rat der Weisen erkennen, was geschehen ist. Es ist beinahe unmöglich, etwas vor ihm zu verbergen, und wir fühlen uns so schon nicht gut mit diesen Heimlichkeiten", erklärt Omike.

„Das kann ich gut verstehen", entgegnet Lena, die noch immer Feuer und Flamme ist bei dem Gedanken, echte Einhörner zu sehen und mit ihnen zu sprechen. Von ihrer eher zurückhaltenden Art ist nichts mehr zu erkennen.

„Ich stimme Omike zu", sagt Emana. „Aber natürlich ist es auch wichtig, dass ihr eure Ausbildung abgeschlossen habt. Auch bei kurzen Weltraumreisen können unvorhergesehene Dinge passieren und man muss auf alles vorbereitet sein."

„Wir könnten in der Zeit Informationen über das Sternbild Einhorn und die Einhörner sammeln. Das wird uns helfen", sagt Roka.

„Dann warten wir auf eure Nachricht. Wenn wir neue Informationen haben, werden wir euch kontaktieren", sagt Oramin. „Es ist sehr nett von euch, dass ihr uns helfen möchtet. Ich habe noch nicht von diesen Einhörnern gehört, aber wir sollten nichts unversucht lassen. Es wird unser letzter Versuch sein, da unsere Eltern nicht länger damit warten werden, den Rat der Weisen zu kontaktieren. Und wie können uns die Erdlinge helfen?", fragt Oramin offensichtlich wenig überzeugt von unseren Fähigkeiten.

„Lass das unsere Sorge sein", antwortet Nomarik streng. „Unser jetziger Plan ist, dass wir euch auf Orion abholen und ihr euer eignes Raumschiff nutzt."

„Das ist sinnvoll", antwortet Oramin. „Wir könnten uns auch im All treffen, aber das birgt immer ein gewisses Risiko. Einfacher ist es, wenn ihr zu uns kommt. Habt ihr noch etwas Wichtiges zu besprechen? Wir sollten aufbrechen, damit wir nicht zu spät auf Orion ankommen."

Es ist eine Traurigkeit in seiner Stimme zu hören. Bei dem Gedanken, seine Schwester wieder entstellt anzutreffen, ohne ihr geholfen zu haben, ist ihm unangenehm. Nomarik schaut uns alle an und wir schütteln den Kopf.

„Nein, alles geklärt", sagt Nomarik. „Wir freuen uns, euch helfen zu können, und melden uns bald. Habt einen guten Flug. Wir begleiten euch noch ein Stück zu eurem Raumschiff. Von hier aus ist es in der Steppenlandschaft nicht zu erkennen."

Wir steigen den Felsen bis zur Ebene hinunter. Da der Weg recht beschwerlich ist, konzentriert sich jeder auf das Klettern. Als wir unten ankommen, fragt Menarina: „Habt ihr schon viele Sterne erkundet?"

„Wir kommen von Beteigeuze und haben bisher nur die Sterne unserer Sternenfamilie besucht. Einige von ihnen sind bewohnt. Auf fremden Sternen waren wir noch nicht. Das ist uns erst erlaubt, wenn wir genug Erfahrungen gesammelt haben. Es ist wichtig, die Technik zu beherrschen, ein Raumschiff und sich selbst unsichtbar zu machen, da sich andere Zivilisationen ängstigen könnten oder man Gefahr läuft, abgeschossen zu werden. Zwischen den Orionbewohnern und den Plejadern besteht Kontakt, so dass ich davon ausgehe, dass ihr ohne großes Aufsehen bei uns landen könnt. Es gibt einen Ort, der weit von den bewohnten Gegenden entfernt ist. Dort sollten wir uns treffen. Oder werdet ihr schon die Methode erlernt haben, wie ihr euch und das Raumschiff unsichtbar macht? Und könntet ihr dann auch die Erdlinge unsichtbar machen?", fragt er mit einem skeptischen Unterton.

Vielleicht hat er noch Vorbehalte, weil ich die Nymphe dazu gebracht habe, ihm den Schlüssel abzunehmen.

„Sei versichert, dass wir alles können werden, was für die Reise notwendig ist", antwortet Nomarik, und ich merke wieder, dass er es nicht mag, dass Oramin versucht, das Kommando zu übernehmen. „Das glaube ich dir", antwortet Oramin jetzt mit einem freundlichen Ausdruck. Vielleicht ist ihm eingefallen, dass er den Plejadern dankbar für ihre Unterstützung sein kann. „Wir danken euch ganz herzlich, dass ihr uns helfen werdet", meldet sich nun Omike zu Wort.

„Wir verabschieden uns hier, um nicht zu nahe an euer Raumschiff zu kommen", sagt Nomarik. Oramin schaut ihn erstaunt und voller Hochachtung an. „Das wollte ich euch auch gerade vorschlagen, da es nicht gut ist, näher als 200 Meter an das startende Raumschiff heranzukommen. Das ist dir offensichtlich schon bekannt." Die Frage, woher Nomarik das weiß, kann er sich verkneifen.

Wir verabschieden uns alle und wünschen den Orionbewohnern eine gute Fahrt. Wir beobachten sie noch, bis sie an dem getarnten Raumschiff ankommen, das sich in der Nähe des Baumes befindet, auf dem wir gelandet sind. „Hoffentlich wird unser Baum nicht zerstört", geht es mir durch den Kopf. Auch wenn ich sehr, sehr gerne hier bin, möchte ich zur Erde zurückkommen können.

„Mach dir keine Sorgen, euer Baum wird unbeschadet bleiben", sagt Nomarik. Ich wundere mich schon lange nicht mehr darüber, dass er meine Gedanken liest. „Und ihr könnt auch ohne den Baum zur Erde zurückkehren."

Wir sehen, wie die vier das Raumschiff betreten. War es noch braun wie der Erdboden, wird es blau wie der Himmel, als es abhebt. Ein Raumschiff mit Eigenschaften eines Chamäleons. Schon nach kurzer Zeit können wir es nicht mehr erkennen.

Als wir uns auf den Weg machen, kommt Hakimi auf meine Schulter geflogen. „Guter Hakimi", lobe ich ihn. „Du hast alles im Blick." Dann sage ich zu den anderen: „Darf Hakimi mit auf unsere Mission? Er könnte uns bestimmt wieder helfen. Stören wird er auf jeden Fall nicht." Mir wird bewusst, dass ich mich mit ihm sicherer fühle.

„Wir werden unsere Ausbilder und den Rat der Weisen fragen", antwortet Nomarik.

Auch wenn ein neues Abenteuer auf uns alle wartet, sind wir entspannt und ausgelassen. Es tut so gut, sich frei zu bewegen.

„Ich bin gespannt, ob die Einhörner so aussehen wie auf den Bildern", sagt Lena, die in Gedanken schon auf dem Einhornstern ist. „Ob es wirklich rosa Einhörner gibt? Und ob sie sprechen können? Wie wird man sie verstehen?"

„Das werden wir bald wissen", antworte ich ihr lächelnd. „Wie lange wird eure Ausbildung dauern und was werdet ihr alles lernen?"

„Nomarik weiß durch seine Eltern sehr viel und er hat uns schon alle möglichen Dinge über die Raumfahrt erzählt", antwortet Kamino. „Ich glaube, dass wir etwa vier bis sechs Wochen brauchen."

„Das wäre eine kurze Zeit. Auf der Erde dauert die Ausbildung zum Astronauten Jahre", sagt Karl.

„Die Ausbildung dauert normalerweise länger, aber es geht jetzt nur um die Grundlagen, um zu einem nicht so weit entfernten Stern zu fliegen und um den Orionbewohnern schnell zu helfen", antwortet Menarina.

„Die Steuerung unserer Raumschiffe ist nicht so kompliziert, wie man denken könnte. Die Maschinen sind mit so vielen Informationen gefüttert, dass die Steuerung automatisch laufen kann. Das Tarnen wird bei diesem Flug keine große Rolle spielen. Auf Orion sollten wir ohne Tarnung landen können und zu den Einhörnern werden wir vor der Landung Kontakt aufnehmen und sie um Landeerlaubnis fragen. Ich glaube, eine heimliche Landung würde uns in Schwierigkeiten bringen, und wir möchten ja, dass sie uns helfen. Die Raumschiffe sind mit Radaren versehen, die jederzeit die Umgebung scannen und dann automatisch in die gewünschte Richtung fliegen. Die große Herausforderung beim Fliegen besteht darin, mit unvorhergesehenen Situationen umzugehen", erklärt Kamino.

„Was meinst du mit unvorhergesehenen Situationen?",
fragt Karl neugierig. Kamino wirft einen kurzen Blick auf
Nomarik, der kaum sichtbar nickt. „Es gibt auch weniger
friedliche Wesen im Universum. Man kann nicht immer
voraussehen, auf wen man trifft. Zwischen den Plejaden,
Orion und Einhorn sollten sich keine solchen Wesen
aufhalten. Wenn man aber große Entfernungen
zurücklegt, kann das passieren. Daher darf man weite
Flüge erst unternehmen, wenn man mehr Erfahrung
hat."

„Ihr habt gesagt, dass ihr euch auch ohne
Raumschiffe durch das Universum bewegen könnt", sage
ich.

„Ja, es gibt verschiedene Möglichkeiten. Welche wir
wählen, hängt auch von der Entfernung ab. Es bietet uns
einen gewissen Schutz, Raumschiffe zu benutzen. Im
Notfall können wir auf diese aber verzichten", erklärt
Nomarik. „Das klingt aufregend", sage ich und ziehe
meine Augenbrauen hoch als Aufforderung an ihn, noch
mehr zu erzählen. Aber er möchte es dabei belassen.

„Warum könnt ihr so viel, was wir auf der Erde noch
nicht können?", frage ich. „Zwar besteht das Universum
nur zu ca. 5% aus uns bekannter Materie und zu 95%
aus Dunkler Materie und Dunkler Energie, die von den
Menschen nicht genau verstanden wird, aber dennoch
haben wir viel entdeckt und geschafft. Die Menschen sind
auf dem Mond gelandet, wir verfügen über die große
Raumstation ISS sowie Raumsonden, die zum Beispiel
den Mars erforschen. Aufgrund von Forschungen und
Berechnungen geht man davon aus, dass das Universum
etwa 13,7 Milliarden Jahre alt ist, aus einem Urknall
entstanden ist, aus etwa einer Billion Galaxien besteht,
von denen etwa 50 Milliarden von unserer Erde aus
beobachtet werden können, und dass unsere Galaxie, die

Milchstraße, die Form einer Spirale und einen Durchmesser von etwa 200.000 Lichtjahren hat."

Als ich, nachdem ich vollkommen von der Begeisterung für dieses Thema weggetragen wurde, wieder in die Gesichter schaue, sehe ich Nomarik verständnisvoll grinsend. Auch die anderen schauen mich wohlwollend an. Keinem ist meine Begeisterung für dieses Thema entgangen. Allerdings wird mir oft unheimlich zumute, wenn ich über das Universum mit seiner unvorstellbaren Weite nachdenke.

Wenn ich mich aber ereifere, dann kann es vorkommen, dass meine Äußerungen zu Vorträgen und Monologen führen. Karl und Lena haben sich daran gewöhnt, und es sieht so aus, als hätten auch Nomarik, Kamino und Menarina Verständnis für meine Begeisterung und langen Ausführungen.

Auf einmal schaut Nomarik wieder ernst. „Ja, die Menschen wissen viel, es ist aber gut, dass sie nicht mehr wissen. Es gibt Wesen im Weltall, die über viel Wissen verfügen, aber dieses nicht zu friedlichen Zwecken einsetzen. Die Gefahr besteht, dass auch die Menschen so handeln würden. Wenn die Menschen begreifen, dass es bei der Erforschung des Weltalls um das Wohl der gesamten Menschheit und des gesamten Universums geht, werden sie Zugang zu neuen wegweisenden Erkenntnissen finden. Nicht vorher."

„So habe ich das noch nicht betrachtet", antworte ich. „Macht Sinn, wenn man bedenkt, dass es Überlegungen gab, Atommüll im Weltall zu entsorgen, und dass sowjetische Satelliten mit Uran betrieben worden sind." Über andere Beispiele möchte ich gar nicht nachdenken. Dass unsere Gespräche an diesem freudigen Tag so ernst werden, hätte ich nicht gedacht. Eine Weile herrscht eine Ruhe, die der Tragweite des Themas geschuldet ist.

Als die Stadt in Sicht kommt, frage ich: „Was wollen wir heute denn noch so anstellen? Wie verbringt ihr eure Zeit, wenn es etwas zu feiern gibt?"

„Wir könnten auf den großen Platz gehen", schlägt Menarina vor. „Auch wenn wir feiern, sollten wir unsere Abendmeditation machen", entgegnet Nomarik. „Wir gehen zu uns, ruhen uns aus, feiern am großen Platz und meditieren danach", schlägt Kamino vor. „Was haltet ihr davon?"

„Das ist eine gute Idee", antwortet Menarina. Nomarik nickt. „Gute Idee", sagt Karl. „Wir sind dabei", sagen Lena und ich wie aus einem Mund.

Auch wenn wir uns nicht mehr verstecken müssen, ist es mir angenehmer, die Kapuze überzuziehen. Hakimi sitzt wieder versteckt darunter. Es sind, wie so oft, wenig Leute unterwegs und niemand schenkt uns größere Beachtung.

Als wir am Haus ankommen, spüre ich meine Müdigkeit, die ich vor lauter Aufregung nicht wahrgenommen habe. „Wir treffen uns in einer Stunde in der Küche", schlägt Nomarik vor. Erleichtert gehen Karl, Lena und ich auf unser Zimmer. Auch sie sind froh über die Ruhepause.

„Geschafft", ruft Lena und lässt sich auf ihr Bett fallen. „Es kommt mir wie eine halbe Ewigkeit vor, dass wir aufgebrochen sind, und dabei war es erst heute Morgen."

„So geht es mir auch", antworte ich. „Wir haben es geschafft. Auch wenn die Situation für die Orionbewohner nicht nach ihren Wünschen ausgegangen ist, konnten wir Nomarik, Kamino und Menarina helfen, und wir sind alle am Leben und nichts Schlimmes ist passiert. Und es gibt keine Strafe für die drei vom Rat der Weisen. Was für ein erlebnisreicher und schöner Tag."

„Ich fand es gut, dass wir die Orionbewohner noch kennenlernen konnten. Sie sahen anfangs angsteinflößend aus, doch sie waren sehr nett und sympathisch", sagt Karl. „Ich mag sie auch", erwidert Lena, „doch ich glaube, dass es noch etwas Zeit braucht, ihr Vertrauen zu gewinnen."

„Den Eindruck habe ich auch", sage ich. Kaum habe ich die Worte ausgesprochen, fallen mir die Augen zu und ich döse weg. Die anderen haben sich auch hingelegt, nehme ich noch schlaftrunken wahr. Dann spüre ich ein leichtes Rütteln an meiner Schulter.

„Wach auf", sagt Lena, „wir treffen uns gleich in der Küche." Noch völlig verschlafen öffne ich die Augen. „Hast du nicht geschlafen?"

„Doch, aber nicht so lange wie du. Ich bin schon ganz aufgeregt wegen der Feier und außerdem war meine Aufgabe beim Kampf gegen die Orionbewohner nicht ganz so kräftezehrend wie deine."

„Damit hast du recht", gebe ich unverhohlen zu. „Ich frage mich, wohin die Nymphe verschwunden und von wo sie gekommen ist."

„Das wird ihr Geheimnis bleiben", antwortet Lena.

Ihr fällt es nicht so schwer wie mir, die Dinge einfach so zu nehmen, wie sie sind, ohne genau zu wissen, wie und warum sie so sind. Ich stehe, wenn auch noch schlaftrunken, auf und wasche mich mit dem Wasser in der Schüssel. „Bald wieder fließendes Wasser und eine Dusche", geht es mir durch den Kopf. Gewisse Annehmlichkeiten haben schon ihre Vorzüge. Beim Vorbeugen schlägt das Amulett gegen die Schüssel. Ich nehme es fest in beide Hände. Mir wird ganz warm und ich spüre seinen Schutz. Ich darf nicht vergessen, es Nomarik zurückzugeben. Als ich mich fertig gewaschen und meine Haare etwas in Form gebracht habe, schaue ich zu den anderen und mir fällt auf, dass sie ihre Amulette auch noch tragen. Ich klopfe meinen Umhang aus. Ich habe mich so an ihn gewöhnt, dass ich mich wahrscheinlich komisch fühlen werde, wenn ich ihn nicht mehr trage. Nachdem sich die anderen gewaschen und frisch gemacht haben, gehen wir in die Küche. Hakimi fliegt gleich in seine Nische.

Nomarik, Kamino und Menarina haben schon Pasten vorbereitet und den Tisch gedeckt. Wo nehmen sie nur ihre Energie her? Sie müssten doch auch eine Pause zum Ausruhen brauchen. Ich bereite ein Schälchen mit Wasser und eins mit einer Paste für Hakimi vor und stelle sie ihm in die Nische. Hungrig und durstig macht er sich darüber her. Für ihn war es auch ein langer und aufregender Tag.

„Ihr wart ja schon fleißig", sagt Lena. „Wir können uns schnell regenerieren", antwortet Menarina. „Deshalb haben wir schon mit den Vorbereitungen angefangen."

„Gibt es denn bei euch Restaurants?", fragt Lena.

„Restaurants gibt es bei uns nicht, da wir nicht essen müssen. Und wenn jemand einmal das Bedürfnis verspürt zu essen, dann bereitet er sich etwas vor. Aber es gibt schon Treffpunkte, wo auch Wasser serviert wird."

„Trinkt ihr denn nichts anderes?", fragte Lena.

„Im Allgemeinen nicht", antwortet Menarina. Wir auf Merope führen ein recht ruhiges Leben. Auf den anderen Sternen der Plejaden herrschen andere Lebensgewohnheiten. Das hängt damit zusammen, dass wir unterschiedliche Aufgaben haben. Wir auf Merope beschäftigen uns mit Technik, Philosophie und Weltraumerkundung. Daher wirken die Leute hier vielleicht etwas in sich versunken. Oft hängen sie ihren Gedanken zu technischen oder philosophischen Fragen nach. Und viele von uns sind im Weltraum unterwegs wie zum Beispiel Nomariks Eltern.

„Deshalb dürft ihr in so jungem Alter mit Raumschiffen fahren", sprudelt es aus mir heraus.

„Auch auf den anderen Sternen nutzen die Plejader in jungem Alter Raumschiffe, aber nicht so intensiv wie wir."

„Habt ihr euch das ausgesucht?", frage ich.

„Das ist eine sehr komplexe Frage", antwortet Menarina und dieses Mal wollen sie und Kamino wie sonst Nomarik nicht mehr erklären.

Wir setzen uns alle an den Tisch und Karl, Lena und ich greifen beherzt zu. Nomarik, Kamino und Menarina picken hier und da, aber auch ein aufregender und anstrengender Tag wie dieser regt bei ihnen nicht den Appetit an. Da wir mit Essen beschäftigt sind, wird es für eine Zeit etwas ruhiger. Nomarik, Kamino und Menarina unterhalten sich in ihrer Sprache miteinander. Ich mag das Lautbild. Es klingt irgendwie erdig. Eine komische Bezeichnung für eine Sprache, aber so fühlt es sich für mich an.

„Fehlen dir deine Eltern, wenn sie so oft weg sind?", frage ich Nomarik ganz unverhohlen.

„Manchmal schon", antwortet er ehrlich und ich bemerke ein leichtes Zucken auf seinem Gesicht. „Wir haben Geräte, über die wir miteinander kommunizieren und uns unter gewissen Bedingungen sehen können, und wir tauschen unsere Gedanken telepathisch aus. Wir verbringen aber auch einige Zeit hier zusammen. Sie sind nicht immer weg."

„Wie gerne würde ich sie kennenlernen", schießt es mir durch den Kopf. „Sie sind bestimmt megasympathisch", sage ich.

„Vielleicht wirst du sie eines Tages kennenlernen", antwortet Nomarik. „Wenn ihr in einigen Wochen kommt, werden sie nicht da sein. Ihre Mission dauert länger."

„Irgendwann wird es klappen", antworte ich spontan und ich wundere mich sogleich über meine Zuversicht, da ich nicht wissen kann, wann und wie oft wir noch hierher kommen werden.

„Wann wollt ihr zurückkehren?", fragt Nomarik und spricht damit ein Thema an, das die ganze Zeit unausgesprochen im Raum hing.

Ich zucke mit den Achseln. Ich bin wirklich ratlos. Es wäre so schön, mit Nomarik, Kamino und Menarina, um es salopp zu sagen, einfach abzuhängen, wobei ich annehme, dass sie nicht wirklich abhängen, wie wir das auf der Erde machen. Auf der anderen Seite zieht es mich nach Hause. Ich mache mir Gedanken um meine Eltern und habe ein bisschen Heimweh. Und ich habe das Gefühl, dass für den Moment unsere Mission beendet ist.

Karl und Lena schauen auch unentschlossen.

„Lasst uns heute einfach feiern, und wenn der Zeitpunkt gekommen ist, an dem ihr Klarheit habt, dann sagt es uns. Unsere Ausbildung wird übermorgen beginnen, so dass wir die meiste Zeit nicht da sein werden. Für euch ist auch eine kurze Schulung notwendig, aber die machen wir lieber, wenn ihr wieder zu uns kommt."

„Warum sollten wir noch bleiben, wenn die anderen in der Schulung sind? Irgendwie möchte ich noch hierbleiben und gleichzeitig auch wieder zurück. Nomariks Vorschlag macht Sinn. Wenn wir Klarheit haben, werden wir uns entscheiden", dies alles geht mir durch den Kopf.

„Bleibt so lange, wie ihr möchtet", sagt Menarina.

„Ganz lieben Dank für euer Angebot", antwortet Lena. „Ich würde sehr gerne nochmals zu dem glitzernden See gehen, der in der hinteren Höhle liegt. Das kann auch das nächste Mal sein."

„Das ist eine tolle Idee", sage ich. „Da würde ich auch nochmals gerne hin. Und du, Karl?"

„Ja, ich würde auch gern zum See. Und mir geht es so wie euch, was unsere Abreise betrifft. Wir werden wissen, wann der Zeitpunkt gekommen ist, um aufzubrechen. Heute feiern wir."

Wir räumen zusammen den Tisch ab und Hakimi fliegt zufrieden und gesättigt auf meine Schulter. Dann verlassen wir das Haus. Nomarik schaut sich dieses Mal nicht um, um sicherzustellen, ob wir unauffällig hinausgehen können. Es ist ein gutes Gefühl, sich frei zu bewegen. Ich nehme mutig die Kapuze hinunter. Einige schauen mich interessiert an, aber ich fühle mich nicht ins Visier genommen. Die Plejader scheinen eher zurückhaltend zu sein und sich nicht so schnell aus der Ruhe bringen zu lassen.

Auf dem großen Platz gehen wir zu einer Art Café, nur dass es hier keinen Kaffee gibt. Es stehen einige Bänke und Tische draußen, die ich hier vorher noch nicht wahrgenommen habe. Als wir ankommen, stehen alle auf, die dort saßen, und begrüßen Nomarik, Kamino und Menarina und schauen uns freundlich an. Dann stellt uns Menarina vor: „Das sind Manuk, Karl und Lena. Sie sind von der Erde zu uns gekommen und haben uns geholfen." Die meisten begrüßen uns zu meinem Erstaunen in unserer Sprache. Einige nicken nur.

„Es freut uns, euch kennenzulernen", sagt Lena. Ich bin überrascht über ihre spontane Offenheit. Meist ist sie etwas ruhiger. Aber durch dieses Abenteuer ist sie über sich selbst hinausgewachsen. Dann prasseln die Fragen auf uns ein: „Wie seid ihr hierhergekommen? Wie lange wart ihr unterwegs? Wie groß ist euer Raumschiff? Wart ihr schon auf anderen Sternen?"

Ihnen geht es so wie mir sonst. Ich kann nur zu gut verstehen, dass sie alles wissen wollen. Ich schaue Nomarik hilflos an, da ich nicht weiß, was wir sagen dürfen. Nomarik spricht mit ihnen in ihrer Sprache und sagt dann zu uns gewandt: „Ich habe ihnen das Wichtigste erzählt und versprochen, dass sie mir auch in den nächsten Tagen noch Fragen stellen können. Möchtet ihr von eurem Leben auf der Erde erzählen? Einige von unseren Freunden und Freundinnen werden den Weltraum erforschen und für sie ist es besonders interessant, etwas über eure Lebensgewohnheiten zu erfahren."

Ich denke, dass sie wahrscheinlich bereits viel von uns wissen, da sie schon unsere Sprache sprechen. Dann beginne ich zu erzählen, wie unser Tag aussieht. Nachdem ich geendet habe, fragt Karl: „Was macht ihr den ganzen Tag?"

Einer antwortet: „Wir haben verschiedene Aufgaben und Schwerpunkte. Dinge, die wichtig sind oder für die wir uns interessieren, lernen wir von anderen Plejadern. Außerdem gibt eine Einrichtung, die euren Schulen ähnelt. Dort wird Wissen vermittelt. Allerdings geht man nur hin, wenn man möchte, und man besucht die Veranstaltungen, die einen interessieren. Dort werden unsere Fragen beantwortet und wir können Übungen machen. Da wir sehr schnell lernen, müssen wir nicht lange üben."

„Das ist wirklich ganz anders als bei uns. Ich frage mich, ob das bei uns auch funktionieren würde. Und was ist, wenn ihr euch nicht für eure Schwerpunkte Technik, Philosophie und Raumfahrt interessiert?", fragt Karl.

171

„Dann kann man auf einen anderen Stern der Plejaden ziehen. Einige von uns interessieren sich für ganz viele unterschiedliche Dinge und die ziehen dann von einem Stern zum anderen. So ist auch ein reger Austausch gegeben", erklärt ein anderer Plejader.

„Womit verbringt ihr am liebsten eure Zeit?", fragt Lena.

„Das ist ganz unterschiedlich. Wichtig für uns ist, dass wir möglichst immer das machen, was uns interessiert und was uns Freude bereitet. Das führt zu den besten Ergebnissen. Wir tauschen uns gern miteinander aus und versuchen, mit anderen Wesen im Weltall Kontakt aufzunehmen. Das ist unsere Leidenschaft. Dafür braucht es eine lange und fundierte Ausbildung. Manche Wesen im Universum haben Angst vor anderen Sternenbewohnern. Darauf muss man vorbereitet sein. Aber es gibt auch enge Freundschaften zwischen den Bewohnern der verschiedenen Sterne", erklärt ein anderer.

„Dann sprecht ihr bestimmt ganz schön viele Sprachen", sagt Karl. „Ja, wir lernen verschiedene Sprachen. Allerdings kann man mit einigen Wesen, wenn man sie besser kennt, auch telepathisch kommunizieren", erklärt ein Mädchen. „Aber auch dafür braucht man doch eine Sprache", gebe ich zu bedenken. „Nein, das ist nicht so, auch wenn euch das komisch erscheinen mag", antwortet sie.

„Und hört ihr Musik?", frage ich. Ein anderes Mädchen erklärt: „Wir haben Instrumente und singen auch, aber Musik spielt bei uns hier keine große Rolle."

So reden wir noch eine Zeitlang über dies und das und mir fällt auf, wie freundlich, offen und gutgelaunt alle sind, obwohl es hier nicht das gibt, was bei uns bei Partys oft üblich ist: Knabberzeug, Süßigkeiten, laute

Musik, leckere Getränke und bei den älteren Jugendlichen Alkohol und Zigaretten und bei manchen noch stärkere Drogen.

Nach dem netten und ausgedehnten Austausch macht sich Müdigkeit bei Karl, Lena und mir breit. Nomarik, Kamino und Menarina machen nicht im Geringsten den Eindruck, erschöpft zu sein. Es wird viel gelacht. Bisher habe ich Plejader nicht oft lachen gehört, was vielleicht darin liegt, dass man auf der Straße nicht lacht. Und bei Nomarik, Kamino und Menarina lag es sicherlich an der angespannten Situation.

Es ist eine schöne Erfahrung, die Plejader so ausgelassen zu sehen. Die Plejader, die ich bisher auf der Straße gesehen habe, waren meist still, in sich gekehrt und ernst.

Wir verabschieden uns voneinander, und selbst diejenigen, die unsere Sprache nicht sprechen, nicken uns herzlich zum Abschied zu. Die anderen haben ihnen unsere Antworten immer übersetzt.

Entspannt und zufrieden kehren wir ins Haus zurück. Mit Erstaunen fällt mir auf, dass keiner etwas zu Hakimi gefragt hat. Vielleicht macht er den Eindruck eines heiligen Tieres, über das man keine Fragen stellt. Ja, Hakimi ist auch irgendwie heilig. Auf jeden Fall ein ganz besonders schlauer und mutiger Vogel.

Wir gehen direkt in den Meditationsraum. Nach dieser ausgelassenen Stimmung herunterzufahren, könnte schwierig werden. Ich habe es jedoch zu schätzen gelernt, täglich zu meditieren, da es zum einen zu mehr Gelassenheit führt und zum anderen die Wachsamkeit und Sensibilität schult.

Wir setzen uns in einen Kreis und sofort ist die Stimmung ruhig und zentriert. „Doch so einfach", denke ich. Kamino leitet die Meditation an: „Heute Abend brauchen wir uns nicht auf ein bestimmtes Thema zu konzentrieren. Ich möchte euch auch im Namen von Nomarik und Menarina dafür danken, dass ihr durch die Meditation viele Eindrücke und Bilder einbringen konntet und schnell gelernt habt, Gedanken zu lesen und über Gedanken zu kommunizieren. Das hat uns bei unserem Einsatz sehr geholfen. Danke. In der heutigen Meditation bitten wir darum, dass uns gezeigt wird, was für uns im Moment wichtig ist. Schließt die Augen, äußert die Bitte im Stillen und lasst eure Gedanken fließen und euren Geist ruhig werden."

Schon nach kurzer Zeit fühle ich mich frei und leer. Irgendwann nehme ich Kaminos Stimme wahr: „Kommt in eurer Geschwindigkeit mit eurem Bewusstsein hier in den Raum." Nach einiger Zeit öffne ich die Augen.

„Mag jeder erzählen, was er gesehen hat?", fragt Kamino. „Dann fange ich an", sagt Menarina, als alle noch etwas verhalten sind. „Ich habe uns alle in einem Raumschiff gesehen. Wir waren zum Einhornstern unterwegs."

„Ich habe uns gesehen, wie wir mit dem Raumschiff auf Orion gelandet sind", sagt Kamino. „Mir erschien ein Bild, wie ihr drei hier gelandet seid. Es war wieder auf dem Baum", sagt Nomarik. „Wir sind zusammen auf dem Einhornstern gelandet und dann kam ein wunderschönes weißes Einhorn mit langer Mähne auf uns zu", sagt Lena voller Begeisterung. „Ich habe Geräte in einem Raumschiff bedient", sagt Karl. „Ich habe in dem glitzernden See in der Höhle gebadet und bin dann untergetaucht. Als ich aufgetaucht bin, war ich umgeben von Einhörnern", erkläre ich.

Kamino grinst breit. „Dann dürfen wir davon ausgehen, dass wir zusammen zum Einhornstern fliegen.

Das ist eine schöne Bestätigung, denn ich freue mich sehr darauf." Nomarik und Menarina nicken.

„Ich freue mich so. Ich kann es kaum glauben, Einhörner kennenzulernen. Was sprechen sie für eine Sprache? Können wir die lernen?", fragt Lena.

„Die Sprache der Einhörner ist universell", antwortet Menarina. „Sie sprechen von Herz zu Herz. Und jeder, dessen Herz offen und weit ist, versteht sie."

Lena lächelt selig. „Das ist schön, dann können wir uns ganz einfach verständigen."

„Für euch wird es einfach sein, aber nicht alle können die Sprache der Einhörner verstehen", gibt Menarina zu bedenken.

„Das war eine schöne Abschiedsmeditation", sagt Kamino, „lasst uns nach oben gehen und noch etwas trinken."

Nomarik macht keine Anstalten aufzustehen und schaut zu mir hinüber. Ich verstehe das als Aufforderung sitzenzubleiben. Die anderen verlassen den Raum, und niemand wundert sich oder stellt gar Fragen.

„Du hattest so viele Fragen, von denen ich dir einige beantworten möchte", sagt er sanft zu mir. Ich bin vollkommen überrascht. Damit habe ich nicht gerechnet.

„Wenn du sie mir beantwortest, dann freue ich mich, aber ich kann gut verstehen, wenn Du das nicht möchtest."

„Du hast mich oft auf unsere Fortbewegungsmethoden angesprochen. Wir haben die Möglichkeit, unseren Körper zu verändern. Er kann feinstofflicher oder grobstofflicher sein. Ich sehe schon an deinem Gesicht, dass du dich fragst, wie das geht, aber das werde ich dir dieses Mal nicht erklären. Wenn wir uns feinstofflicher machen, dann können wir uns ohne Raumschiff mit Lichtgeschwindigkeit bewegen. Wir können uns auch schneller fortbewegen, aber dies kann sich auf unseren Energiekörper negativ auswirken, so dass wir dies nicht oft tun. Dann haben wir noch die Möglichkeit, uns mit Raumschiffen zu bewegen. Dies scheint aus eurer Sicht, deutlich schneller als mit Lichtgeschwindigkeit zu sein. Aber dies ist es nicht. Das hat mit der Beschaffenheit des Universums zu tun, die ihr Erdenbewohner noch nicht vollständig verstanden habt. Auf diese Weise konnten meine Eltern zur Erde reisen, obwohl das nach eurem Wissensstand unmöglich ist. Auf welche Art ihr hierhergekommen seid, werden wir noch erforschen. Es ist außergewöhnlich. Meines Wissens haben es noch keine Erdenbewohner geschafft, die vorher noch keinen Kontakt mit uns hatten."

„Das heißt, dass schon Erdenbewohner hier waren. Wie haben sie es denn geschafft?"

„Wenn man dir eine Frage beantwortet, dann kommen gleich ein Dutzend neue", sagt er verständnisvoll lächelnd. „Deine Frage kann ich mit ja und nein beantworten. Die genaue Antwort gebe ich dir ein anderes Mal. Wie du weißt, stehen Plejader in telepathischem Kontakt mit Erdenbewohnern. So bekommen sie Informationen von uns und wir von ihnen. Jedoch will und kann nur ein geringer Teil der Erdenbewohner diesen Kontakt herstellen. Es muss bei ihnen ein starkes Bedürfnis danach bestehen. Ob sie dies haben, hat wiederum mit der Geschichte des Universums zu tun. Diese Erdenbürger können unter bestimmten Umständen, die ich dir, wie gesagt, ein anderes Mal erkläre, zu uns auf die Plejaden kommen. Und manchmal kommt es dazu, dass sich ein Erdenbewohner und ein Plejader vereinen und ein Mischwesen entsteht."

Ich halte die Luft an, weil ich spüre, wie persönlich es jetzt wird und welch großes Vertrauen mir Nomarik entgegenbringt.

„Unsere Körper funktionieren anders als eure. Wir brauchen kein Essen und nur wenig zu trinken, und alles, was wir aufnehmen, wird komplett vom Körper verarbeitet. Wenn wir uns Kinder wünschen, dann kommen sie über eine Herzensverbindung auf die Welt. Dazu ziehen sich eine Frau und ein Mann in eine besondere Kristallhöhle zurück. Sie sitzen dort vierundzwanzig Stunden, halten sich die Hände, schauen sich in die Augen und wünschen sich ein Kind. Wenn ihre Energie und ihr Wunsch stark genug sind, entsteht ein neues Wesen. Der Wunsch bewirkt, dass sich Atome und andere Teilchen zu einem neuen Wesen zusammensetzen. Das neue Wesen ist innerhalb von Tagen da. Bei uns werden Frauen nicht schwanger und es wächst kein Wesen im Körper der Frau. Das neu entstandene Wesen wächst im Laufe der Zeit zum Erwachsenen heran. Das ist dann ein bisschen wie bei euch.

Diese Vereinigung kann mit Erdenbewohnern oder Wesen von anderen Sternen erfolgen. Dies erfordert allerdings einen extrem starken Willen der Frau und des Mannes. Geschieht sie hier auf den Plejaden, dann entsteht ein plejadisches Wesen mit unseren Eigenschaften. Die Vereinigung kann aber auch auf dem Stern des Partners stattfinden. Dann entsteht ein Körper, wie er auf diesem Stern üblich ist und das Mischwesen kann auf diesem Stern leben.

Dieses Wesen hat viele Eigenschaften der Plejader, und es verfügt, wie du bereits weißt, über verschiedene Privilegien, wie zum Beispiel die Möglichkeit, sich mit dem Kristallschlüssel etwas zu wünschen. Das gilt auch für Nachkommen auf diesem Stern bis zur sechsten Generation. Daher muss eine solche Verbindung mit Bedacht erfolgen, wie meine Großmutter schon sagte, damit nicht später daraus eine Bedrohung entsteht, da es sein kann, dass die folgenden Generationen sich nicht mehr an ihren plejadischen Ursprung erinnern. Daher ist es uns verboten, uns mit Wesen zu verbinden, die von einem Stern stammen, zu dem wir keine friedliche Beziehung haben. Bei der Erde ist es so, dass die Menschen, die uns wahrnehmen können, eng mit uns verbunden sind und uns nie Leid zufügen würden. Ob das für alle Menschen gilt, kann man nicht mit Sicherheit sagen. Wir nehmen an, dass in dem Moment, wo die Menschen mehr über das Universum und andere Zivilisationen erfahren, ihre Entwicklung so weit fortgeschritten sein wird, dass sie in Frieden mit uns und anderen Sternenvölkern leben wollen."

Es ist eine besondere Stille im Raum, als Nomarik endet. Ich bin ihm sehr dankbar für seine Offenheit und lasse seine Worte auf mich wirken. Was für ein Gedanke, dass sich Menschen und Plejader vereinigen können. Würde ein Mensch dauerhaft auf den Plejaden leben wollen oder ein Plejader auf der Erde? Oder würde das Kind ohne Vater oder Mutter aufwachsen?

Weil ich nicht so recht weiß, was ich sagen soll, frage ich eine im Grunde nebensächliche Frage: „Wo sind diese Kristallhöhlen?"

Nomarik antwortet mir ruhig und ernst auf diese Frage. „Es gibt mehrere auf unserem und auf den anderen Sternen der Plejaden. Nur wer sich vereinigen möchte, wird dorthin geführt. Es ist nicht erlaubt, sie aus irgendeinem anderen Grund zu betreten."

Immer, wenn ich gemerkt habe, dass mein Herz in Nomariks Gegenwart schneller schlägt, habe ich versucht, dieses Gefühl zu verdrängen, weil eine Beziehung zwischen uns überhaupt keine Zukunft gehabt hätte. Doch jetzt weiß ich, dass es uns möglich wäre, hin- und herzureisen. Und wir könnten Kinder haben. Mein Herz schlägt mir bis zum Hals.

Nomarik sieht, was in mir vorgeht. „Ich wollte dich nicht durcheinanderbringen", sagt er verständnisvoll.

„Nein, nein, ich bin dir sehr dankbar, dass du mir das erzählt hast. Jetzt verstehe ich, was deine Großmutter gemeint hat, als sie sagte, dass die Plejader darauf achten müssen, mit wem sie sich vereinen, wenn das Wesen, mit dem sie sich vereinen, nicht von den Plejadern stammt. Das war mir vorher nicht klar. Ich weiß einfach nicht, was ich dazu sagen soll. Ich bin überwältigt."

„Du brauchst dazu nichts zu sagen. Ich wollte nur, dass du es weißt." Und dann sagt er mit einem frechen Blick: „Und es war dir anzusehen, dass du dich brennend für uns interessierst."

Diese Aussage zusammen mit diesem verwegenen Blick bringen etwas Entspanntheit zwischen uns. Allerdings fühle ich immer noch mein Herz pochen und Schmetterlinge fliegen in meinem Bauch.

„Wollen wir nach oben gehen?", fragt Nomarik. Wäre er ein Mensch und wären wir jetzt auf der Erde, dann würde mir wohl etwas anderes einfallen, als nach oben zu gehen. Aber in dieser Situation nicke ich nur. Beim Aufstehen spüre ich Nomariks Amulett auf meiner Brust. Ich umfasse es mit meiner Hand.

„Dein Amulett. Ich danke dir, dass du es mir geliehen hast. Warum hast du mir deins und nicht ein anderes gegeben."

„Dadurch konnten wir besonders gut miteinander telepathisch kommunizieren. Außerdem hat es eine besonders starke Schutzwirkung. Mit ihm ist eine lange Geschichte verbunden."

„Ich danke dir ganz herzlich. Auch wenn ich gerne etwas von dir auf meinem Körper tragen würde, so weiß ich, dass es zu dir gehört."

Ich nehme die Kette, um sie um seinen Hals zu legen. Als sich meine Hände hinter seinem Kopf verschränken, schaut er mir tief in die Augen. Ich erwidere seinen Blick. Die Schmetterlinge in meinem Bauch fliegen in alle Richtungen. Dann gebe ich meinem Drang nach und schlinge meine Arme um seinen Körper. Es fühlt sich an, als würde ein magnetisches Feld zwischen uns entstehen, und ich kann nicht mit Bestimmtheit sagen, ob ich seinen Körper oder dieses vibrierende Feld spüre. Es ist ein wundervolles, unbeschreibliches Gefühl.

Doch dann geschieht etwas ganz Ungewöhnliches, Überraschendes. Die Schmetterlinge in meinem Bauch werden ganz still. Mein ganzer Körper, mein Geist werden still und ich spüre nur noch vollkommene Liebe, ein vollkommenes Sichaufgehobenfühlen. Ich kann nicht sagen, ob wir Sekunden, Minuten oder Stunden so stehen. Irgendwann lösen wir uns voneinander. Ich spüre, wie ergriffen Nomarik ist. Dieses Gefühl der Vollkommenheit, der vollkommenen Liebe hat auch ihn zutiefst berührt.

Als wir uns beide gefangen haben, sagt er: „Ich habe noch etwas für dich", und zieht eine Kette mit einem Amulett unter seinem Umhang hervor und zeigt sie mir. „Wunderschön." Das Amulett ist kleiner als die, die wir getragen haben, und das Muster ist anders. Es besteht aus vielen Linien, die in runden Bögen ineinander verschlungen sind. Am Rand befinden sich eckige geometrische Figuren.

„Ich frage dich nicht, was die Muster zu bedeuten haben", sage ich lachend. „Das wirst du zu gegebener Zeit erfahren. Geduld." Ich umschließe das Amulett mit meiner Hand. Die Energie ist anders. Es dient nicht primär zum Schutz. Es stellt eine Verbindung zu den Plejadern und ihrer Geschichte her. „Das ist ein sehr altes Amulett, das mit vielen Geschichten aufgeladen ist."

„So ist es. Ich wusste, dass du es spürst, sonst hätte ich es dir nicht gegeben." Er nimmt es aus meiner Hand und legt die Kette um meinen Hals und schaut mich dabei nochmals innig und voller Zärtlichkeit an. Dann streicht er mit seiner Hand sanft über meine Wange. Ich stecke das Amulett unter meinen Pullover. Mir kommt es passend vor, es nicht außen zu tragen. Nomarik lächelt, als er sieht, dass ich es verdecke.

Er dreht sich zur Tür, und er muss erst gar nicht fragen, ob wir nach oben gehen wollen, weil klar ist, dass jetzt der passende Moment ist. Unserem Erlebnis kann und braucht nichts mehr hinzugefügt zu werden.

Als wir oben ankommen, hören wir schon vor der Tür Stimmengewirr und Lachen. Als wir eintreten, schaut uns keiner fragend an. Auch als wir uns setzen, werden wir nicht neugierig beäugt. So als wäre es das Normalste der Welt, dass wir noch, ich weiß nicht wie lange, allein unten geblieben sind. Mir fällt auf, dass Karl und Lena ihre Amulette auch nicht mehr tragen. Vielleicht ist ihre Wirkung an die Plejaden gebunden.

Wir erzählen noch ausgelassen Geschichten aus unserem Leben. Hakimi scheint es in seiner Nische zu langweilig geworden zu sein und sitzt auf dem Tisch, was keinen stört.

Als alle Geschichten für diesen Abend erzählt sind, schlägt Menarina vor, sich ins Bett zu begeben. Wir verabschieden uns und gehen in unsere Zimmer.

Als wir dort sind, greift Lena in ihre Tasche. „Schau mal, was uns Kamino und Menarina geschenkt haben." Sie zieht einen wunderschönen graufarbenen Stein hervor, in den gebogene und eckige Muster geritzt sind, die andere Formen haben als mein Amulett.

„Wunderschön", sage ich. Karl zieht einen Stein aus seiner Hosentasche. „Sieh, das ist meiner." Die Muster unterscheiden sich von denen auf Lenas Stein. „Haben sie euch erklärt, welche Bedeutung sie haben?", frage ich. „Sie haben gesagt, das würden wir mit der Zeit schon selbst spüren", antwortet Menarina.

Ursprünglich wollte ich nichts von meinem Geschenk erzählen, aber jetzt käme es mir komisch vor, nichts zu sagen, und so hole ich mein Amulett hervor. „Schaut, das hat mir Nomarik geschenkt."

„Wie schön", sagt Lena. „Es hat ein schönes Muster", sagt Karl. „Schade, dass wir nicht auch ein Geschenk für sie haben."

„Ja, das habe ich auch schon gedacht. Das nächste Mal bringen wir etwas für sie mit", antworte ich. Dann legen wir uns zufrieden und voller schöner Erinnerungen an diesen Tag ins Bett.

Tag 6 – Der Abschied naht

Die letzten Tage wurde ich von Menarina oder Lena geweckt, aber heute ist es ganz still. Ein gutes Gefühl auszuschlafen und von Liebe und Glück erfüllt zu sein. Ich schaue auf und sehe Karl und Lena ruhig in ihren Betten liegen.

„Unser letzter Tag", denke ich. Ach, ohne nachzudenken, kam mir spontan dieser Gedanke. Dann ist heute wohl der richtige Tag für unsere Rückreise. Obwohl mich die Schulung von den dreien auch interessiert hätte.

Es ist schön, einmal die Erste morgens zu sein. Deshalb schwinge ich voller Elan meine Beine aus dem Bett. Ich gehe zum Fenster und ziehe den Vorhang zur Seite. Wie angenehm, einfach hinausschauen zu können, ohne sich verstecken zu müssen. Wie meist, ist es recht ruhig auf der Straße. Ich wasche mich und ziehe mich an. Als ich wieder zu Karl und Lena blicke, haben diese zumindest die Augen geöffnet.

„Guten Morgen. Was haltet ihr von Aufstehen?", frage ich. „Guten Morgen", antwortet Lena. „Was meint ihr, wann wollen wir zurückfliegen?", fragt sie.

„Guten Morgen zusammen", antwortet Karl. „Ich würde gerne heute nach Hause fliegen, aber vorher noch den Schulungsraum für die Flugschulung besuchen."

„Ja, das fände ich auch gut", antwortet Lena begeistert. Der Gedanke, dass wir bald zu den Einhörnern fliegen, lässt ihr Herz höher schlagen. „Ja, lasst uns heute aufbrechen", sage ich. „Ich würde gern noch in die Höhle zu dem glitzernden See. Dort könnten wir ein Bad nehmen."

„Ja, das fände ich auch schön", antwortet Lena. „Meint ihr, dass wir das alles heute schaffen können? Ich glaube, wir haben lange geschlafen", gibt Karl zu bedenken. „Wir fragen einfach", antworte ich.

Karl und Lena sind mittlerweile aufgestanden und machen sich fertig. Hakimi kommt angeflogen und setzt sich auf meine Schulter. „Guten Morgen, Hakimi. Heute geht es nach Hause." Wie als Einverständnis legt er seinen Kopf an meine Wange. Ich habe noch nicht darüber nachgedacht, ob auch Hakimi nach Hause will. Aber sicher weiß ich, dass auch er sich hier sehr wohl fühlt.

Als wir in die Küche kommen, ist der Tisch schon gedeckt, und Nomarik, Kamino und Menarina sitzen gemütlich auf ihren Plätzen.

„Guten Morgen", sagen Karl, Lena und ich. „Guten Morgen, habt ihr ausgeschlafen?", will Menarina wissen. „Ja, wir haben alle gut geschlafen", antwortet Lena. Auch Nomarik und Kamino begrüßen uns mit einem Lächeln und einem „Guten Morgen".

Ich überlege, ob ich neben Nomarik oder ihm gegenüber Platz nehme. Der letzte Tag heute. Will ich lieber in seiner Nähe sitzen oder lieber tief in seine Augen schauen? Ich entscheide mich für den Platz ihm gegenüber. In der Nische stehen schon die Schälchen für Hakimi. Es ist wirklich an alles gedacht. Hakimi fliegt direkt dorthin. Auch Vögel finden schnell zu neuen Gewohnheiten.

„Wir würden heute gerne nach Hause fliegen, aber auch noch eure Schule für Raumfahrt besuchen und zum See. Was meint ihr?", frage ich.

„Es wird ruhig hier werden ohne euch, aber wir verstehen gut, dass ihr nach Hause wollt. Zum See und zur Schule zu gehen ist ein schöner Vorschlag. Allerdings müssen wir den diensthabenden Vertreter des Rates der Weisen über den Besuch der Schule für Raumfahrt informieren, auch wenn die Vorsitzende schon ihr Einverständnis gegeben hat. Was meint ihr?", fragt Nomarik Kamino und Menarina.

„Gute Idee, der See ist wirklich schön", sagt Menarina.

„Ja, sehr gerne", antwortet Kamino.

„Lasst uns gleich nach dem Frühstück zum Vertreter des Rates der Weisen gehen. Wir könnten vom See direkt zu eurem Abflugplatz gehen, dann könntet ihr rechtzeitig starten", schlägt Nomarik vor und lässt mich dabei nicht aus den Augen. Ihm scheint es so zu gehen wie mir. Er sucht meine Nähe.

„Woher werden wir wissen, wann wir wieder zu euch kommen sollen?", frage ich. „Wir werden es euch per Gedankenübertragung mitteilen", antwortet Nomarik.

„Gedankenübertragung über eine Entfernung von 400 Lichtjahren, das ist verrückt. Wenn ihr nicht erzählt hättet, dass das möglich ist, würde ich es nicht glauben", sage ich. Mir fällt ein, wie viele Dinge schon geschehen sind, die für mich unvorstellbar waren, und füge hinzu: „Ich bin mir sicher, dass eure Gedankenkraft so stark ist, dass 400 Lichtjahre nichts für euch sind."

Nomarik zieht die Augenbrauen hoch und lacht. Eine Antwort gibt er nicht.

„Wir drei werden an euch drei und natürlich an Hakimi senden. So können wir sicher sein, dass ihr den Gedanken empfangt", erklärt Nomarik.

Ich bin mir sicher, dass er davon überzeugt ist, dass die Gedanken auch ankämen, wenn nur er sie mir allein schicken würde, aber es ist schöner und auch ein gutes Training, wenn wir alle zusammen senden und empfangen.

„Damit ihr sicher zur Erde zurückkommt, ist es, wie die Vorsitzende schon sagte, notwendig, dass wir sechs euren Abflug gleichzeitig gedanklich manifestieren."

„Ich bin davon überzeugt, dass alles gut laufen wird", antworte ich und erinnere mich dabei daran, dass die Vorsitzende eine Bemerkung über Nomariks starke Willenskraft gemacht hat.

Hunger stellt sich ein, und Karl, Lena und ich greifen beherzt zu. Nomarik, Kamino und Menarina sind wie immer zurückhaltend. Auf den Genuss von Essen zu verzichten, stelle ich mir schwierig vor. Aber die Plejader ziehen offensichtlich aus anderen Dingen ihre Energie und ihren Lebensgenuss. Nach dem gestrigen Abend habe ich eine vage Vorstellung, was das alles sein kann.

Nachdem wir fertig sind, räumen wir schnell ab und gehen zum Büro des Rates der Weisen. Wir treten durch die große Holztür und gelangen in den Empfangsraum, in den kaum Licht eindringt. Dann klopft Nomarik an eine Tür, und wir treten zusammen ein, als eine Aufforderung dazu zu vernehmen ist. Nomarik spricht mit dem Vertreter des Rates der Weisen. Schon nach kurzer Zeit ist die Angelegenheit geklärt. Wir verlassen den Raum und nicken der Person freundlich zu, die uns aufmerksam beobachtet hat. Ich habe das Gefühl, dass hier alle meine Gedanken lesen können, obwohl ich weiß, dass niemand außer in Notfällen ohne das Einverständnis des anderen tief in seine Gedanken eintreten darf.

Wir machen uns direkt auf den Weg zur Schule der Raumfahrt und gehen nach rechts ein Stück an dem großen Platz lang. In dem Café, das auf der linken Seite liegt, gibt es nur wenige Leute. Die Freunde, die wir gestern kennengelernt haben, haben im Moment wohl andere Aufgaben. Dann biegen wir nach rechts ab und gehen den Berg hinunter. In dieser Ecke waren wir noch nicht gewesen. Am Ende des Weges, kurz bevor der Hügel auf eine plane Ebene führt, befindet sich ein Platz. Nicht so groß wie der, wo sich das Haus des Rates befindet. Dort steht ein dreistöckiges Gebäude, das wie alle Häuser hier eine braune Fassade hat. Wir treten durch eine zweiflügelige Holztür und gelangen in einen Raum mit einer Empfangstheke. Es gibt zwar keine Absperrungen oder Drehkreuze, aber es erinnert mich an Empfangshallen in Bürogebäuden bei uns. Nomarik trägt einem Mann, der an der Empfangstheke sitzt, unser Anliegen vor. Wir müssen einige Zeit warten. Auch in diesem Raum ist es etwas dunkel. Ob alle offiziellen Gebäude im Innern so düster gestaltet sind? Es ist ein bisschen unheimlich und ehrfurchtgebietend.

Nach kurzer Zeit kommt ein älterer Mann, der einen jugendlichen Eindruck macht. Er grüßt Nomarik freundschaftlich und zugleich respektvoll. „Als Enkel der Vorsitzenden des Rates der Weisen hat er bestimmt eine besondere Stellung inne", geht es mir durch den Kopf. Es hat den Anschein, dass sie sich schon kennen. Nachdem sie kurz miteinander gesprochen haben, wendet er sich an Kamino und Menarina, begrüßt sie herzlich und tauscht einige Worte mit ihnen aus. Dann beäugt er uns neugierig und begrüßt uns in unserer Sprache. „Ihr seid also die Abenteurer von der Erde", sagt er und lächelt uns dabei freundlich an. „Wir werden uns bald wiedersehen und dann werde ich alles Wichtige erklären", sagt er in einem Ton, aus dem ich schließe, dass er Hochachtung vor unserem Vorhaben hat. „Heute gibt es einen kurzen Rundgang". Nomarik beobachtet uns. „Vielleicht wissen wir gar nicht, auf was wir uns einlassen. Aber warum sollte es gefährlich sein, Einhörner zu besuchen?", geht es mir durch den Kopf.

„Wir freuen uns sehr, dass Sie uns die Schule zeigen und uns bald alles Notwendige für den Flug erklären", antwortet Karl und die Begeisterung ist seiner Stimme deutlich zu entnehmen. „Es ist mir eine Freude, euch einige technische Grundlagen zu vermitteln", sagt er. „Mein Name ist Amaruka. Folgt mir bitte."

Wir gehen einen Gang entlang, von dem rechts und links viele Türen abgehen. Wir gelangen durch eine Tür vor Kopf am Ende des Ganges zu einem Raum, der bestimmt 400 m² groß ist. Er steht voller Maschinen und Apparate. Es ist erstaunlich, so viel Technik zu sehen. Die Häuser und die Straßen sind im Allgemeinen einfach gehalten, man hat durch den braunen, sandigen Boden den Eindruck, in einem Beduinendorf zu sein. Und dann kommt man in diesen Raum und alles ist voller Maschinen. Das wirkt befremdlich. Auch Karl und Lena sind erstaunt und beeindruckt.

„Auch wenn wir einfach leben, so sind wir doch, wie ihr wisst, sehr an Technik interessiert. Das hier sind die Ergebnisse unserer Forschungen", sagt Nomarik. Er, Kamino und Menarina wirken gelassen, woraus ich schließe, dass sie schon einmal hier waren.

„Wo werden denn die ganzen Maschinen hergestellt?", frage ich, „ich habe hier in der Stadt nirgends Fabriken gesehen."

„Darüber sprechen wir ein anderes Mal, jetzt zeige ich euch einige Maschinen", antwortet Amaruka. Nomarik ist offensichtlich nicht der Einzige, der nicht gleich mit der Sprache herausrückt.

„Hier zum Beispiel seht ihr ein Gerät, auf dessen Display ihr beim Flug alle Objekte, die sich um das Flugzeug befinden, sehen könnt. Über die Knöpfe könnt ihr einstellen, welche Sicht ihr haben wollt. So hat man einen Rundumblick."

Dann geht er weiter. „Hier ist das Schaltpult, über das die Richtung und die Geschwindigkeit gesteuert werden. Die meiste Zeit wird der Flug jedoch automatisch auf der Grundlage der Zieleingaben gesteuert."

Nomarik sagt etwas in seiner Sprache zu ihm. Dann fährt Amaruka fort: „Wir machen einen kurzen Rundgang zu den anderen Geräten. Alles, was wichtig für euch sein wird, erkläre ich euch, wenn ihr wiederkommt." Ich nehme an, dass Nomarik ihm gesagt hat, dass wir heute abreisen und nicht die Zeit haben, uns jetzt mit den technischen Details zu beschäftigen.

Wir bewundern die weiteren unterschiedlichen Geräte, größere und kleinere, mit Bildschirm und ohne, mit Knöpfen und Touchscreens. Gerne hätte ich noch ein Raumschiff gesehen, aber die werden wahrscheinlich nicht hier mitten in der Stadt stehen.

„Wenn ihr wiederkommt, dann werdet ihr das Raumschiff sehen, mit dem wir fliegen werden", erklärt Nomarik. Als er dies sagt, fängt mein Herz an zu pochen. Bisher war es für mich nur eine vage Idee, doch als er das Raumschiff erwähnt, wird mir bewusst, auf was wir uns da einlassen. Ich wundere mich über meinen eigenen Mut, doch dann denke ich an den Rat der Weisen. Nie würde er etwas zulassen, das uns schaden könnte. Und auch Nomarik, Kamino und Menarina würden uns keiner unnötigen Gefahr aussetzen. Sie wären unserem Wunsch nicht nachgekommen. Außerdem haben wir uns in der Meditation alle auf der Reise dorthin gesehen. Es soll so sein.

Als wir wieder an der Tür ankommen, bleiben wir stehen. Amaruka verabschiedet sich von uns. Wir laufen den Gang zurück durch die Empfangshalle zur Tür nach draußen. Licht kommt uns entgegen. Warum es so dunkel in der Eingangshalle sein muss? Es fühlt sich angenehm an, wieder draußen zu sein.

„Das hätte ich ja nicht gedacht", platzt es aus Karl heraus. „So viele hochkomplexe Geräte." Karls Bemerkung bleibt unkommentiert. Scheinbar will sich dazu niemand äußern.

„Alles, was ihr über die Nutzung der Maschinen wissen solltet, bekommt ihr bei eurer Rückkehr erklärt. Natürlich ist es nicht vorgesehen, dass ihr irgendetwas bedienen müsst, aber über einige Grundkenntnisse solltet ihr verfügen", erklärt Nomarik.

„Wollen wir gleich zum See gehen?", fragt Lena. „Wir müssen auf jeden Fall noch unsere Sachen holen."

„Ja, lasst uns zum Haus gehen", sagt Kamino. Als wir zu dem großen Platz gelangen, sehen wir die Vorsitzende des Rates der Weisen. Ob das ein Zufall ist?

„Lasst uns meine Großmutter begrüßen", sagt Nomarik voller Freude und wir gehen in ihre Richtung. Auch sie hat uns gesehen und bleibt stehen. Nomarik, Kamino und Menarina begrüßen sie in ihrer Sprache. Dabei neigen sie den Oberkörper nach vorne. Auch schauen sie im Gespräch öfter nach unten als sonst üblich. Dies ist Ausdruck von Respekt und Ehrerbietung, die auch Nomarik als ihr Enkelkind ihr zollt. Trotz ihrer hohen Stellung ist sie offen und herzlich. Dann wendet sie sich uns zu und fragt: „Wann werdet ihr zur Erde zurückkehren?"

„Wir wollen noch zum See in der Höhle und dort baden und danach werden wir starten", erkläre ich.

„Zum See", sagt sie und schaut mich vielsagend an. „Das ist eine gute Idee. Das Wasser des Sees ist kraftspendend und erfrischend."

„Das finde ich auch, aber die Plejader baden nicht so gerne, scheint mir."

„Wenn es uns dienlich ist, dann schon", antwortet sie, ohne darauf einzugehen, wann und warum es dienlich sein kann. „Ich freue mich, euch bald wiederzusehen." Nomarik, Kamino und Menarina werfen sich Blicke zu. Ich muss sie später fragen, warum.

„Ich wünsche euch eine gute Heimreise."

„Wir danken ihnen für alles und freuen uns, bald wieder hier zu sein", sage ich. Karl und Lena drücken ihren Dank nochmals persönlich aus. Wir drei treten nacheinander vor sie, um uns von ihr zu verabschieden. Wir verbeugen uns zum Abschied. Sie legt uns dabei kurz die Hand auf den Kopf. Es fühlt sich an, als würde ein Strahl durch meinen ganzen Körper fließen. Ich fühle mich geehrt durch diese Geste.

Dann nickt sie den anderen zu, die sich auch vor ihr verbeugen.

„Ich sehe euch morgen, ich werde vor Beginn eurer Ausbildung in die Schule kommen." Dann dreht sie sich um und geht. Was für ein schöner Abschied.

„Warum habt ihr euch vorhin so angeschaut?", platzt es aus mir heraus.

„Sie muss euch sehr schätzen und mögen", antwortet Menarina. „Es ist ungewöhnlich, dass sie sich so offenherzig äußert. Außerdem ist diese Geste etwas ganz Besonderes und wird nicht jedem zuteil."

Nomarik schaut zu Boden, als würde er über etwas nachdenken. Was kann ihn wohl beschäftigen? Ich schaue ihn neugierig an. Ich weiß, dass es nichts nützen wird zu fragen. Wenn er etwas sagen will, wird er es tun. Er blickt auf und schaut mich lächelnd von der Seite an. Dann schickt er mir einen Gedanken, den ich so klar höre, als würde er ihn aussprechen. „Du hast ihren Segen." Und dann etwas leiser: „Wir haben ihren Segen."

Ich hoffe, dass es außer Nomarik keinem auffällt, wie verlegen ich auf einmal werde.

Auf dem Weg tauschen sich Nomarik, Kamino und Menarina in ihrer Sprache aus. Karl, Lena und ich gehen stillschweigend nebenher. Jeder hängt seinen eigenen Gedanken nach. Karl ist sicherlich noch mit den Maschinen beschäftigt, Lena denkt bestimmt schon an die Heimreise und ich denke an Nomariks Worte.

Als wir am Haus ankommen, entschließen wir uns, noch kurz in der Küche etwas zu trinken. Lena packt unsere Sachen zusammen. Es sind ja nur unser Rucksack, zwei Trinkflaschen, Taschenlampen und eine Brotdose.

„Ich habe euch Kleidung zum Schwimmen eingepackt", sagt Menarina, damit ihr nicht mit nasser Kleidung fliegen müsst. „Du denkst an alles, lieben Dank Menarina", sagt Lena.

„Was ist denn mit den Umhängen?", frage ich. „Die könnt ihr uns vor eurem Abflug geben", antwortet Menarina. Es klingt beinahe lächerlich, aber ich bin froh, dass wir sie noch weiter tragen dürfen. Wir müssen uns nicht mehr verstecken und könnten sie schon jetzt ablegen, aber es fühlt sich gut an, sie noch am Körper zu spüren. Karl und Lena geht es auch so, sonst hätten sie ihn schon ausgezogen. Menarina scheint das gemerkt zu haben. Die anderen müssen dann die schweren Umhänge den ganzen Weg zurücktragen. „Was für einfühlsame und liebenswerte Freunde", geht es mir durch den Kopf. Hakimi schlürft nochmals am Wasser.

„Wollt ihr noch etwas essen?", fragt Menarina, doch wir schütteln den Kopf. Wir sind zu aufgeregt, um noch etwas zu uns zu nehmen. Wir füllen nur unsere Flaschen mit Wasser.

Nomarik holt tief Luft und sagt, als wir alles aufgefüllt und zusammengepackt haben: „Dann lasst uns gehen." Ich habe den Eindruck, dass auch ihm der bevorstehende Abschied schwerfällt, obwohl wir uns schon bald wiedersehen werden. Auf dem Weg zur Höhle wechseln wir nur wenige Worte. Sobald wir das Ende des Dorfes erreicht haben, setzt Hakimi zum Flug an. „Bleib in unserer Nähe", rufe ich ihm noch hinterher.

Ich genieße den Blick auf die Weite der Landschaft. Wieder fällt mir auf, dass man kaum Tiere sieht und hört. Dabei wird mir bewusst, wie schön es auf der Erde ist, wenn man die Insekten durch die Luft schwirren und die Netze der Spinnen zwischen den Pflanzen glitzern sieht, hier und da einen Marienkäfer erblickt, die Vögel trillern und abends die Grillen zirpen hört. Dann kommt es mir in den Sinn, dass ich hier noch keinen Wind gespürt habe. Ich erinnere mich, dass der deutsche Astronaut, der sechs Monate auf der Raumstation ISS war, nach seiner Rückkehr sagte, dass er nun merke, wie er es vermisst habe, den Wind in seinem Gesicht zu spüren. Jetzt begreife ich das. Auch wenn einem an der Nordsee der Wind manchmal unangenehm werden kann, so ist es doch ein wunderbares Gefühl, Wind auf der Haut zu spüren. Wie sehr man etwas schätzt, merkt man manchmal erst, wenn es nicht mehr da ist.

Als wir an dem gut versteckten Höhleneingang ankommen, klettern wir alle durch das Loch und die Schräge hinunter, bis wir unten in der Höhle sind. Hier fing vor ein paar Tagen unser Abenteuer an. Wie viel wir in den letzten Tagen erlebt haben! Wie verstreichen manchmal die Tage auf der Erde, ohne dass etwas Spannendes passiert. Und hier hatten wir sechs aufregende Tage hintereinander. Und sie waren so intensiv, dass wir bei der Ankunft auf der Erde nicht mehr die Gleichen sein werden wie bei unserem Start. Wir werden über unser Abenteuer nicht sprechen können. Wer wird uns glauben? Ich kann es ja selbst kaum glauben.

Wir gehen durch den Gang zur ersten Höhle. Erst gestern fand hier der Kampf statt. Auch das scheint schon viel länger zurückzuliegen. In der Mitte des Weges bleiben wir stehen und bewundern den hell leuchtenden See und den plätschernden Wasserfall. Dann gehen wir durch den halbrechten Gang und kommen zur hinteren Höhle. Das Wasser glitzert und leuchtet mit einer unbändigen Kraft. Es ist kristallklar und man kann bis auf den Grund des Sees schauen. Ich fühle mich von seinem Zauber hinweggetragen. Als ich wieder den Boden unter meinen Füßen spüre, blicke ich zu den anderen. Auch sie sind voller Bewunderung für seine Schönheit. Es geht ein besonderer Zauber von ihm aus.

Menarina reicht mir die Tasche mit der Kleidung. Karl, Lena und ich gehen ein Stück weiter, um uns umziehen. Es sind keine richtigen Badesachen, sondern kurze Hosen und lange beige Hemden aus Leinen. Der Stoff ist viel dünner als der unserer Umhänge, so dass er im nassen Zustand nicht zu schwer werden wird. Ich halte die Hand ins Wasser.

„Schon frisch", sage ich zu den anderen, „aber nicht zu frisch, um nicht einfach hineinzuspringen". Und dann bin ich mit einem Kopfsprung im Wasser und gleite einige Meter vorwärts. Es fühlt sich belebend an. Das Wasser funkelt und glitzert mir entgegen. Ich werde von allen Kräften der Natur durchflutet. Das Licht des Sees durchdringt mich. Ich fühle mich aufgeladen und erfrischt. Einfach frei, grenzenlos und glückselig.

Ich tauche auf, um kurz Luft zu holen, um dann wieder einzutauchen, bis zum Grund des Sees, der tiefer ist, als durch das kristallklare Wasser zu vermuten war. Ich schwimme dicht über dem Boden und fühle mich wie ein Wasserwesen. Dann tauche ich wieder auf, schwimme, plansche und spüre pure Lebenslust. So gelange ich bis zum Ende des Sees und schwimme wieder zurück. Ich sehe, dass auch Karl und Lena untertauchen, auftauchen, auf dem Rücken schwimmen, sich treiben lassen, um sich dann wieder zu drehen. Als sich jeder für sich ausgetobt hat, kommen wir zusammen. Nomarik, Kamino und Menarina beobachten uns amüsiert. Dann planschen Karl, Lena und ich zu dritt. Wir spritzen uns nass, tauchen unter, tauchen den anderen unter und lachen und haben unendlich viel Spaß.

Dann passiert etwas komplett Unvorhergesehenes: Nomarik setzt zum Kopfsprung an und springt ins Wasser. Ich kann Kaminos und Menarinas völlig erstaunte Gesichter sehen. Sie zaudern nicht lange: Kamino und Menarina schauen sich an, nicken sich kurz zu und springen dann gemeinsam mit einem weiten Kopfsprung ins Wasser. Karl, Lena und ich schauen uns auch mit einem Schulterzucken an, und dann spritzen wir sie vorsichtig nass, ganz vorsichtig, da wir wissen, dass sie sonst eher wasserscheu sind, wovon jetzt gerade nichts zu sehen ist.

„Mehr könnt ihr nicht", ruft Kamino, und dann geht die Wasserschlacht meines Lebens los. Wir spritzen uns voll, tauchen uns unter, versuchen uns zu fangen und lachen und lachen und lachen. Trotz der schweren Umhänge sind Nomarik, Kamino und Menarina schnell und wendig. So geht es eine ganze Weile, bis wir alle nur noch das Bedürfnis spüren, uns vom Wasser tragen zu lassen. So treiben wir dann alle im Wasser, Arme und

Beine ausgebreitet und genießen die unbändige Schönheit des Augenblicks.

Vollkommen aufeinander eingestimmt, haben wir alle zum gleichen Zeitpunkt den Impuls, wieder zum Ufer zu schwimmen. Nomarik springt mit einer anmutigen Leichtigkeit heraus und setzt sich an den Rand, die Beine im Wasser baumelnd. Ich schaue aus dem Wasser zu ihm hoch. Mit den nassen Haaren, den Wassertropfen, die sein Gesicht hinunterlaufen, und seinen strahlenden Augen sieht er noch schöner aus. Ich schaue ihm tief in die Augen und er erwidert meinen Blick mit einem unbändigen Strahlen. Ich springe heraus und setze mich neben ihn. Unsere Schultern berühren sich, wir lassen gemeinsam unseren Blick über den See schweifen und genießen den Moment.

Die anderen stehen am Rand des Sees und lachen. Mit den Umhängen und den Leinenkleidern, die vor Wasser triefen und mit dem zerzausten nassen Haar sehen wir alle aus wie begossene Pudel. Ich könnte noch Stunden hier sitzen, und ich spüre, dass Nomarik es genauso geht, doch unser Plan sieht anders aus. Wir gesellen uns zu den anderen. Nomarik, Kamino und Menarina versuchen, sich und ihre Kleidung durch Schütteln etwas trocken zu bekommen.

Karl, Lena und ich gehen ein Stück weiter zu unseren Sachen. Wir sind froh, in unsere trockene Kleidung schlüpfen zu können. „Wir könnten ihnen unsere Umhänge geben", geht es mir durch den Kopf. Wir ziehen sie erst einmal an und gehen dann zu ihnen.

Ihre Kleidung tropft schon nicht mehr und ihr Haar ist bereits trocken. Ich frage zu Menarina gewandt, ob sie unsere Umhänge haben möchte. Menarina schüttelt den Kopf und sagt: „Draußen wird die Kleidung schnell trocknen."

Dann machen wir uns mit einem letzten Blick zum See auf den Weg. Hakimi kommt wie aus dem Nichts zu mir geflogen. Wir nehmen den hinteren Ausgang, der uns zu dem Plateau führt. Das ist der Weg, den ich vor einigen Tagen mit Nomarik gegangen bin. Als wir auf dem Plateau ankommen, denke ich daran, wie ich hier mit Nomarik gesessen und den Sternenhimmel mit ihm bewundert habe. Wir setzen uns alle auf das Plateau. Obwohl wir gerade so laut und ausgelassen waren, stellt sich eine Stille ein. Uns allen ist klar, dass der Abschied naht. Menarina, die die Atmosphäre auflockern möchte, fragt: „Was werdet ihr als Erstes zuhause machen?"

„Ich kann mir gerade im Moment gar nicht vorstellen, wie es ist, wieder zuhause zu sein", antworte ich. „Wahrscheinlich werde ich mit meinem Laptop auf dem Bett chillen und schauen, was so los ist. Wahrscheinlich sind unsere Eltern stocksauer und vor Sorgen halbtot, weil wir so lange weg waren."

„Macht euch keine Sorgen", antwortet Nomarik, „die Zeit auf der Erde entspricht nicht eurer Zeit hier. Eure Eltern werden nicht beunruhigt sein."

„Was?", bricht es aus Lena heraus. „Ich hatte Angst, aber dann ist ja alles gut."

„Ich bin auch sehr erleichtert", sagt Karl. „Das ist gut zu wissen. Eine Sorge weniger."

„Was sorgt dich denn?", fragt Menarina. „Ich mache mir Gedanken, wie die Rückreise vonstattengehen wird. Wenn so verrückte Dinge passieren können, dass wir hier landen, dann könnten wir ja vielleicht ganz woanders ankommen."

„Mach dir keine Sorgen", antwortet Nomarik jetzt ganz ernst. „Ihr habt die Macht der Gedanken in den letzten Tagen entdeckt und das Fokussieren gelernt. Fokussiert euch darauf, auf die Erde zu eurem Baum zurückzukommen, dann wird euch nichts passieren. Wenn eine Gefahr bestünde, dann hätte es mir meine Großmutter gesagt."

Es klingt irgendwie komisch, wenn er die freundliche, aber ehrfurchtgebietende Vorsitzende Großmutter nennt. Ich frage mich, ob er mit ihr darüber unter vier Augen gesprochen hat. Vielleicht war er bei ihr, um ganz sicher zu sein, dass eine Rückkehr möglich ist.

Erstaunt stelle ich fest, dass die Kleidung von Nomarik, Kamino und Menarina schon wieder trocken ist.

„Ich werde alle Informationen über Einhörner sammeln", sagt Lena und greift die Frage Menarinas auf. „Sicherlich entspricht nicht alles den wirklichen Gegebenheiten, doch es kann hilfreich für uns sein, viel über sie zu wissen."

„Gute Idee", antwortet Menarina. „Und du Karl?"

„Ich werde mich wahrscheinlich an den Computer setzen. Ich werde schauen, was man über Maschinen in Raketen und Weltraumstationen so in Erfahrung bringen kann."

„Technisch versierte Besatzungsmitglieder sind uns immer willkommen", antwortet Kamino mit einem Schmunzeln.

„Laptops und PCs scheinen eine große Rolle in eurem Leben zu spielen", sagt Nomarik.

„Da hast du recht. Manchmal eine zu große Rolle. Hier haben mir mein Computer und das Internet überhaupt nicht gefehlt", antworte ich.

„Aber wir hatten ja auch jede Menge Ablenkung", füge ich lachend hinzu. In den letzten Minuten hier möchte ich kein Gespräch über die Nachteile einer intensiven Computer- und Internetnutzung führen.

„Und was werdet ihr tun?", fragt Karl.

„Heute Abend werden wir unsere Abendmeditation machen, um uns gut auf unsere Flugausbildung vorzubereiten und dann werden wir wahrscheinlich früh zu Bett gehen."

Dann wird es still. Der richtige Zeitpunkt, um aufzubrechen. Ich schaue Karl und Lena an, und sie wissen sofort, was ich meine. Wie praktisch, wenn man ohne Worte kommunizieren kann. Als Antwort stehen sie einfach auf.

„Dann mal los", sagt Kamino in einem betont lockeren Ton und erhebt sich. Nomarik und Menarina tun es ihm gleich. Wir steigen den Berg hinab und müssen dann wieder ein Stück zurückgehen, da wir den hinteren Ausgang der Höhle genommen haben. Wir gehen so lange parallel zum Berg zurück, bis wir auf der Höhe unseres Landepunktes sind.

„Lasst uns die Umhänge hier ausziehen", schlage ich vor. „Ihr könnt sie hierhin legen", antwortet Menarina. Nachdem wir sie ausgezogen haben, gehen wir zu dem Baum, auf dem wir gelandet sind. Er ist in weiter Ferne zu entdecken. Hakimi zieht seine Kreise in der Luft, bleibt aber immer in unserer Nähe. Jetzt ist es nur noch eine Frage von Minuten. Vielleicht zwanzig Minuten, schätze ich. Wir reden über dies und das. Keiner mag über ein wichtiges Thema sprechen, auch wenn viele Fragen unbeantwortet geblieben sind. Es fühlt sich komisch an, sich ohne Umhang zu bewegen. Ich habe mich so daran gewöhnt. Ich fühle mich darin eingehüllt und geschützt.

Dann sind wir an dem Baum. Da es hier wenige größere Bäume gibt, sind wir sicher, dass das der richtige ist. „Ja, das ist der Baum", sagt Nomarik und ich wundere mich, woher er das weiß, da die drei doch in der Höhle waren, als wir gelandet sind. Ausnahmsweise habe ich keine Lust, neugierige Fragen zu stellen. „Setzt euch möglichst so auf die Äste wie bei eurer Landung und fokussiert euch auf euren Wunsch. Am besten formuliert ihr einen Satz, damit ihr alle den gleichen Satz denkt."

„Wie wäre es mit: Wir möchten zurück nach Hause auf unseren Baum.", schlage ich vor. „Es ist besser, wenn ihr präziser seid. Nach Hause ist zu vage. Wer weiß, wo schon überall euer Zuhause war", sagt Kamino vor. „Wir sind alle noch nie umgezogen", sage ich.

„Das meine ich nicht. Man kann im Herzen an verschiedenen Orten zuhause sein und das im ganzen Universum." Über diesen Satz werde ich zuhause nachdenken. Dann höre ich Lena: „Wir möchten zurück nach Hause auf die Erde zu unserem magischen Baum am Fluss."

„Das klingt gut", sagt Menarina.

„Denkt daran, dass es nicht nur darum geht, dass ihr diesen Satz denkt oder aussprecht. Es muss wirklich euer Herzenswunsch sein. Wenn es nicht gleich nach der Fokussierung losgeht, dann liegt das daran, dass ihr noch zu stark mit uns verbunden seid. Die Freude darüber, dass ihr zur Erde zurückkommt, muss deutlich spürbar sein", erklärt Nomarik in einem ernsten Ton.

Und wie mein Herz noch mit hier verbunden ist! „Gut, dass du das erklärt hast, das wird uns helfen, ruhig zu bleiben, wenn es nicht gleich funktionieren sollte", sage ich.

„Lasst uns, wenn es so weit ist, den Satz dreimal laut aussprechen und dann im Stillen denken", schlägt Karl vor. „Einverstanden", sagt Lena. „So machen wir es", sage ich.

„Bitte wartet, bis wir die Hälfte des Weges zum Felsen zurückgegangen sind", sagt Nomarik. „Die Sogwirkung kann so stark werden, dass wir ansonsten mitgenommen werden."

„Das wäre auch nicht so schlecht", geht es mir durch den Kopf. Ich habe vor meinem inneren Auge ein Treffen mit unseren plejadischen Freunden immer nur auf den Plejaden gesehen. Aber sie könnten ja auch zu uns kommen. Wie Nomarik mit Jeans und T-Shirt wohl aussehen würde? Ich kann mir das gar nicht richtig vorstellen. Der Umhang passt so gut zu ihm. Wie würde das für die drei sein? Sie wissen zwar viel über uns. Aber wie würden sie die Hektik von Autos, Bahn und Flugzeugen empfinden? Und dann kommt es aus mir heraus, ohne dass ich überhaupt bewusst die Absicht habe, es zu sagen:

„Werdet ihr bald auch zu uns auf die Erde kommen?"

„Ich glaube schon", antwortet Nomarik.

Ich kann nicht einschätzen, für wie wahrscheinlich er ein baldiges Treffen auf der Erde hält, und ich habe den Eindruck, dass auch er es im Moment nicht mit Bestimmtheit sagen kann.

Menarina macht den Anfang. Auch wenn für die Plejader Körperkontakt nicht so wichtig ist, nimmt sie jeden zum Abschied in den Arm. Kamino und Nomarik tun es ihr gleich. Als Nomarik mich umarmt, zieht er mich fester zu sich heran. Auch ich halte ihn eng umschlungen und schließe die Augen. Mein Herz pocht. Wärme durchströmt meinen Körper. Ich genieße es, seinen Körper so dicht an meinem zu spüren. Ein Kribbeln durchläuft mich von Kopf bis Fuß. Dann weicht das Gefühl von Schmetterlingen im Bauch einer unendlichen Stille, Freiheit und Grenzenlosigkeit. Nach einer mir endlos erscheinenden Zeit öffnen wir die Augen und schauen uns an. Und dann passiert es. Zum ersten Mal berühren sich unsere Lippen.

Wir blicken den anderen noch hinterher. Als sie weit genug entfernt sind, sagt Karl: „Na, dann mal los." Wir drehen uns in Richtung Baum. Hakimi, der auf meiner Schulter saß, stecke ich unter meinen Pulli. Sicher ist sicher. „Lasst uns noch einige Mal Luft holen", schlägt Lena vor. „Gute Idee", sage ich noch immer unter dem Eindruck der zärtlichen Berührung.

Beim Ein- und Ausatmen beruhigt sich mein Geist. „Gut, dass wir das Atmen und das Meditieren so viel geübt haben", geht es mir durch den Kopf, und dann wird es still. Ohne Kommando beginnen wir, den Satz gleichzeitig laut auszusprechen: „Wir möchten zurück nach Hause auf die Erde zu unserem magischen Baum am Fluss." Wir wiederholen den Satz zweimal. Dann wird es ganz still. Wir sind ganz still. Unser Geist ist ganz still. Und auf einmal fängt es an zu vibrieren. Die Vibration wird immer stärker. Es fühlt sich so an, als würde ein Windstoß im Kreis um uns herumwehen. Es weht und vibriert um uns, wir fangen an zu vibrieren. Wir werden durchgeschüttelt und dann wird es still. Meine Augen sind geschlossen, und ich traue mich nicht, sie zu öffnen. Ich höre das Zwitschern von Vögeln. Der Geruch von Pflanzen, die an Flussufern wachsen, steigt mir in die Nase. Ein bisschen süßlich und gleichzeitig etwas streng. Kein ausgesprochen angenehmer Duft, doch einer, den ich kenne. Das ist der Duft an unserem magischen Baum am Fluss. Ich öffne die Augen. Alles so wie immer. Komisch, wenn man weg war und so viel erlebt hat, meint man, dass sich an dem Ausgangspunkt auch etwas verändert haben müsste. Aber hier ist alles so wie immer. Die Sonne ist am Untergehen. Karl und Lena schauen mich an. Und ich spüre, wie Hakimi unter meinem Pulli kratzt.

„Geschafft", sagt Karl.

„Geschafft", sagt Lena.

„Geschafft", sage ich.

In diesem Wort ist alles enthalten, was an Gefühlen über uns hinwegrollt. „Yippie", schreien Karl, Lena und ich gleichzeitig. „Ich bin so dankbar", dass wir wieder hier sind. „Ich auch", sagt Lena und atmet tief aus. „Ich auch", sagt Karl und springt auf den Boden. Ich hole Hakimi unter meinem Pullover hervor. Er ist wohlauf, aber etwas zerzaust. Er fliegt gleich auf einen Ast und sortiert seine Federn. Auch ihn hat es ordentlich durchgewirbelt. Als er sein Gefieder in Ordnung gebracht hat, fliegt er vergnügt auf meine Schulter. Es scheint ihm zu gefallen, wieder hier zu sein. Endlich kann er wieder Mäuse jagen. Karl holt seine Uhr aus dem Rucksack. „Nach meiner Uhr müsste es 19 Uhr sein, und wir haben immer noch den gleichen Tag, wie Nomarik gesagt hat."

„Fragen wir am besten jemanden zur Sicherheit", schlage ich vor. Lena geht zu einer älteren Dame, die gerade vorbeiläuft. „Könnten Sie mir bitte sagen, wie spät es ist."

„21 Uhr", antwortet sie. „Und welchen Tag haben wir heute?" Die Frau guckt Lena erstaunt an. Doch sie antwortet: „Montag". Dann sagt Lena: „Ich meine, welches Datum haben wir heute?" Die Frau schüttelt den Kopf, ist aber noch so freundlich das Datum zu nennen und sagt im Umdrehen: „Mädchen, Mädchen, wo kommst du denn her?"

„Ich glaube, wenn ich ihr das beantworte, hält sie mich für komplett bescheuert", sagt Lena zu uns gewandt. „Da kannst du recht haben", antworte ich. „Das ist ja super, dann sind wir wirklich in unserer Zeitrechnung nur einige Stunden weg gewesen und unsere Eltern haben sich keine Sorgen gemacht.

„Ich kann mir das nicht erklären, wie so viele andere Dinge auch nicht, aber das Gute daran ist, dass unsere Eltern keinen Grund hatten, beunruhigt zu sein", sage ich.

Wir gehen noch ein Stück gemeinsam und dann trennen sich unsere Wege. Mir fällt es schwer, von Karl und Lena Abschied zu nehmen. Es kommt mir jetzt komisch vor, nicht mit ihnen zusammenzuwohnen und nicht die ganze Zeit mit ihnen zusammen zu sein. Karl und Lena geht es genauso. „Lasst uns nachher telefonieren", schlage ich vor. „Ja, machen wir eine Telefonkonferenz", antwortet Karl. „Ja, gern", sagt Lena. Wir umarmen uns zum Abschied. Und nochmals fällt die Trennung schwer, auch wenn sie diesmal nicht so weitreichend ist.

Als ich zuhause ankomme, fragt meine Mutter: „Ah, das bist du ja. Wo warst du denn den ganzen Tag?"

„Och, ich war mit Lena und Karl bei unserem Lieblingsbaum", antworte ich. „Den ganzen Tag?", fragt meine Mutter. „Ist das nicht ein bisschen langweilig?"

„Nö!"

Meine Mutter würde mir die Geschichte sicherlich nicht glauben, aber selbst wenn sie es täte, merke ich, dass ich dieses Erlebnis für mich behalten möchte. Vielleicht werde ich es irgendwann einmal erzählen. Aber jetzt ist nicht der richtige Moment.

„Ich gehe jetzt auf mein Zimmer".

„Hast du denn keinen Hunger?", fragt sie. Seit heute Morgen nach plejadischer Zeit habe ich nichts gegessen, aber ich verspüre überhaupt keinen Hunger. Vielleicht ist es die Aufregung oder dass ich mich daran gewöhnt habe, nicht viel zu essen. Diese neue Gewohnheit könnte ich beibehalten. Das fühlt sich gut an. Ganz anders

Hakimi. Er fliegt in die Küche und wird es genießen, verwöhnt zu werden.

„Nö, vielleicht später", antworte ich und gehe auf mein Zimmer. Alles ist unverändert hier. In meinem Inneren hat sich so viel verändert, aber das Außen ist geblieben. Dann gehe ich zum Fenster und öffne es. Es ist schon am Dämmern, aber noch zu hell, um Sterne sehen zu können. Ich weiß noch nicht einmal, in welcher Richtung die Plejaden überhaupt liegen. Ich schaue in den Himmel und denke: „Nomarik, irgendwo da oben in weiter Ferne bist du. Wir sind gut angekommen." Dann spüre ich, wie es auf meiner Brust heiß wird. „Das Amulett", geht es mir durch den Kopf. Ich hatte es eine Zeit lang vergessen. Ich nehme es in die Hand und merke, dass es sehr warm ist. Und mit einem Mal bin ich mir sicher, dass er mich gehört hat. Und dann vernehme ich ein „gut".

Das Klingeln des Laptops holt mich in den Raum zurück. Ist es schon so weit? Fängt unser Telefonat an? Ich klappe meinen Laptop auf und sehe, dass Lena anruft. Ich nehme ab. Karl ist auch in der Leitung.

„Ich habe Nomarik, Kamino und Menarina telepathisch kommuniziert, dass wir gut angekommen sind", sagt sie. Schien es auf den Plejaden ganz normal von Gedankenübertragung und telepathischer Kommunikation zu sprechen, klingt das hier in unserer normalen Umgebung befremdlich. Lena scheint sich da nicht so schwerzutun.

„Und sie haben geantwortet, dass sie wussten, dass wir das schaffen."

„Wie egoistisch von mir, nur mit Nomarik zu kommunizieren", geht es mir durch den Kopf. Ein Glück, dass Lena an alle gedacht hat.

„Und Kamino hat mir gesagt, dass er ganz gespannt ist, was ich über Maschinen in der Raumfahrt lerne", sagt Karl mit Stolz.

„Also funktioniert die Kommunikation super", sage ich. „Ihr seid klasse."

„Bei dir hat es doch auch funktioniert?", fragt Lena.

„Ja, klar", antworte ich. „Ich habe bisher nur Nomarik Gedanken geschickt. Wisst ihr was? Wenn sechs Tage auf den Plejaden hier zwölf Stunden sind, dann werden wir schon in einigen Tagen wieder aufbrechen."

„Damit lässt sich gut leben", antwortet Karl. „Finde ich auch", sagt Lena. „Vielleicht sollten wir unseren Eltern eine Übernachtung bei Freunden ankündigen, damit wir länger bleiben können", schlägt Karl vor.

„Ich werde ein schlechtes Gewissen haben, das zu sagen, aber bevor sie sich Sorgen machen, ist es besser so. Wenn ich erzählen würde, dass ich länger weg bin, um zu den Plejaden zu fliegen, würden sie es mir bestimmt nicht glauben können. Und das kann ich gut verstehen", sage ich.

„Dann mache ich mich jetzt an die Vorbereitungen und schaue mal, was ich über Raumfahrt im Internet finde", sagt Karl.

„Und ich schaue mal, was ich über Einhörner erfahre", sagt Lena.

Wir verabschieden uns und ich wundere mich über den Elan meiner Freunde. Ich klappe nur noch den Laptop zu und flüstere:

„Nomarik."

Und mit seinem Namen auf den Lippen schlafe ich ein.

Danksagung

Von einer Idee für ein Buch bis zum gedruckten Werk ist es ein Stückchen Weg, und es ist sehr schön, dabei unterstützt und begleitet zu werden. Daher möchte ich all jenen danken, die mit ihren Hinweisen und Anregungen zu einer spannenden Geschichte beigetragen haben. Ich danke ganz herzlich meinen jugendlichen Testleserinnen und Testlesern Caja Cimander, Kristina Ilk, meiner Tochter Marie Marth, Yurij Obert, Merle Schwarz und Katharina Zwickl. Ihre Beiträge waren sehr wertvoll für mich. Mein besonderer Dank gilt den erwachsenen Rezensentinnen Bärbel Haack, Ilka Heinzerling und Ursula Schmitt, die mit ihrem Blick die Hinweise der Jugendlichen wunderschön ergänzt haben. Ich danke auch allen anderen, die mich direkt oder indirekt unterstützt haben. Das hat mich beflügelt und zum Gelingen dieses Buches beigetragen.